老舍
和他的作品

胡金铨 著

北京联合出版公司
Beijing United Publishing Co.,Ltd.

目 录

自序　不成问题的问题 ················· 9

第一章 ························· 3
　　老舍的出生 / 庆贺新春叫"庆春" / 其他名号

第二章 ························· 6
　　父亲殉了大清朝 / 母亲挑起养家重担 / 幼时的穷困 / "北京骡人"

第三章 ························· 11
　　入小学堂 / 北京孩子的生活 / 不十分用功的学生

第四章 ……………………………………… 14

母亲的影响 / 在"北师" / 对清朝倒台的兴奋 / 新希望趋于幻灭

第五章 ……………………………………… 19

时局像"走马灯" / 当小学校长 / 没在"五四运动"里面 / 不做"过激的事情" / "理想公民"

第六章 ……………………………………… 25

"小教育官儿" / 写《老张的哲学》的材料 / 去南开中学教国文 / 文化界的热闹 / 从津返京,生活复窘 / 读英文认识艾温士教授

第七章 ……………………………………… 28

二十七岁赴英 / 伦敦大学东方学院 / 中国语讲师的工作 / 本薪与"外快"

第八章 ……………………………………… 32

初到伦敦 / 租房经历 / 莫逆之交艾支顿 / 从不提合译《金瓶梅》/ 搬到学生公寓受罪又受气 / 房东太太的女儿

第九章 ……………………………………… 39

英国人不注重"吃"的原因 /《二马》里刻

画的英国人／失业和学非所用的本地人／身在番邦，心怀祖国／国内的变化／严肃的"私生活"

第十章 …………………………………………… 47

开始创作的动机／极喜欢读狄更斯的作品／"学贯中西""靠得住"／中国旧小说和地方曲艺的影响／第一部小说《老张的哲学》／"二十三，罗成关"／定亲退婚"遭大难"／《老张》投稿经过的几种说法

第十一章 ………………………………………… 61

处女作轰动文坛／"文学研究会"／《赵子曰》／革命行动最大的好处是"不用上课"／"赵子曰"式的青年

第十二章 ………………………………………… 66

以英国为背景的《二马》／告别伦敦，游览欧洲大陆／《二马》和巴黎／坐上法国邮轮去新加坡／喜欢夸大自己的穷困

第十三章 ………………………………………… 71

第四部小说《大概如此》胎死腹中／比较东西方社会，思想上起了变化／离开欧洲前后的中外时局

第十四章 ······ 75

放弃写"华侨奋斗史"一类的故事/《小坡的故事》/辛苦的创作过程/在新加坡住了半年

第十五章 ······ 79

被催婚/和胡絜青成家/几桩"罗曼史"/梅花与初恋/道路传闻的"一段情"

第十六章 ······ 82

被聘为教授/初到济南的失望/一生较好的一段时光/山东的政治空气

第十七章 ······ 88

齐鲁大学的历史/讲课非常"叫座"/"能说会道"带来的"明星感"/和冯玉祥拉上关系/"温和"的"反对派"/喜欢"耍滑稽"而丢了教职

第十八章 ······ 94

一生创作最旺盛的时期/影响写作情绪的三大因素/时局:大动荡时期/文艺思潮:左、中、右各派的"争鸣齐放"/"三十年代文艺"/始终保持"散淡的人"的立场/写闲适性的文章

第十九章 ······ 107

供求需要,大力增产/写短篇应付各杂志编辑/教书和写作在时间上起了冲突/卖文无法糊口,重操粉笔生涯/《磕头了》

第二十章 ······ 115

长篇小说:《大明湖》/《猫城记》/《离婚》/《牛天赐传》/《骆驼祥子》/短篇小说/其他创作

第二十一章 ······ 141

重操旧业/好友白涤洲病逝/搬到"洋气"的青岛/衣、食、住、行、玩

第二十二章 ······ 146

山东大学占了天时、地利、人和/上任于青黄不接之际/和在"齐鲁"时一样受学生欢迎/"议和会"/辞掉教职,专心写作/只有买画舍得花钱

第二十三章 ······ 150

日本对中国节节进逼/炮火中的济南/以文艺的力量参加抗日/只身南下去武汉/住进冯玉祥家/武汉三镇所见

第二十四章 ·· 158

"中华全国文艺界抗敌协会"/"领导权"落到"散淡的人"身上/"文协"的周转/开理事会借"大头儿"们请吃饭举行/"文章下乡,文章入伍"

第二十五章 ·· 166

对"文协"的两大贡献/推行通俗读物/大量的创作:"旧瓶装新酒"

第二十六章 ·· 173

"文协"会刊《抗战文艺》/"文艺与抗战有无关系"的笔墨官司/梁实秋的"与抗战无关论"/为《抗战文艺》写的文章/附文:"文协"致《中央日报》的公开信

第二十七章 ·· 184

全副精神放在"文协"上/"巧妇作成无米炊"/日机轰炸下坐船去重庆/"通俗文艺讲习所"/"作家战地访问团"

第二十八章 ·· 189

第一个话剧剧本《残雾》/重庆的"五·三、五·四"大轰炸/"文协"同人躲警报/《抗战文艺》陷于极端的困境

第二十九章 ················· 194

"前线慰劳团"/长诗《剑北篇》及自我批评/用"辙"多,朗诵效果比默读好

第三十章 ··················· 199

"保障作家生活运动"/要求提高稿费,忠实支付版税/成立"救济贫病作家基金"

出版后记 ··················· 203

自序　不成问题的问题

最近有很多人在谈老舍，有人说他的作品是"自然主义"，有人说是"写实主义"，有的说他是"时代的牺牲者"，有的说他是"咎由自取"……七嘴八舌得挺热闹，好像谁都有独到精辟的见解，透着内行。我不懂文学，对文学批评更是外行，但要谈老舍，我有"资格"插嘴。

要凭什么"资格"才配谈老舍呢？依我看，先要能喝"豆汁儿"[1]（与豆浆无关）。"豆汁儿"这种东西除了北京，全世界哪儿都没有，是地道的"京菜"。其实，很多所谓的"京菜"都是"山东菜"。外地人只要喝一口"豆汁儿",我管保他马上吐出来。天津离北京才两百四十里,天津卫就没办法欣赏"豆汁儿"。

老舍的作品最接近北京的劳苦大众,"豆汁儿"是北京劳苦大众的食品(很多有钱的北京人不喝)。根据我的理论:能喝"豆汁儿"才能体会出老舍作品里的趣味。这只能意会,无法言传。有志于研究老舍诸公,不妨先练练喝"豆汁儿"。

还有一项"资格"也很重要:研究老舍,必须知道"仿膳"[2]的"小窝头"不是栗子面做的。

当年西太后是否吃过"小窝头",不可考。可是北京北海五龙亭的"仿膳"有的卖,其成分和制法可参考《中国名菜谱》[3]。

"小窝头"象征老舍的一生,没落贵族,苦读成名,文艺斗士,入庙堂,投湖自尽。

我不但具备这两种"资格",还和老舍有"共同的语言":这不是指我会说"北京话",而是说我能体会出北京话里的神韵,了解它的幽默,明白它的"哏"。

好比说吧!你知道什么叫"硪车"?"大栅栏"怎么念?"赤包儿"什么样?"果丹皮"和"酸枣面儿"什么味儿?有人说这些是旁枝末节,无关宏旨。其实不然。假若你不懂这些词汇，就没办法看懂他作品中的含义，连书都看不明白，就做批评，那真叫"醉雷公，瞎劈（批）"！

还有一个次要的"条件"，要研究老舍，最好看过他大部分的作品，不管是精读，还是浏览，数量要多。这玩意儿很难"举一反三"。单看他的小说和剧本就大发议论，不妥当。

有人说："老舍是我的朋友，连他和某女士谈恋爱的经过我都知道，我对他太了解了。"这种"我的朋友胡适之"的态度也靠不住。爱因斯坦太太并不懂"相对论"，对不对？

谈论老舍的文章，我也看了不少。总觉得有隔靴搔痒之感，很少有"正中要害"的。当然，有人的确下过很大的功夫，像捷克作家斯拉普斯基（Zbigniew Slupski）的《论老舍》[4]，资料相当丰富，可是太偏重于"做研究"，没有描绘出老舍作品中的精神。就像批评一张水墨画，只分析了它的纸质、用笔、用墨、师承、流派，而没有体会出它的神韵。

我从小就爱看老舍的作品，从小说到相声，大约有四百多篇。和朋友聊天的时候，也常以老舍作话题。

有人就半讽刺半鼓励地说："你既然对老舍那么有兴趣，何不写一篇文章？"我当时就嘴硬心虚地回答他："写就写！"可是心里暗想：写文章？谈何容易？"尽说不练"多省事。等再见了这些朋友的时候，有人就"将了我一军"："看人挑担不费力啊！"一赌气，写给你们看看！

假如我写这篇东西还有什么动机的话，那只为当年夸下海口，并无其他野心；因为"立言传世"为时尚早，要成为"老舍专家"似乎也太迟了。

动手一写，就觉得自己有点"眼高手低，志大才疏"。单是找材料，就跑得我头昏眼花。写了几段之后，更觉得是"提笔有如千斤担"。听说古人写文章，靠在马旁边，就能下笔千言，有如水银泻地。我好比洒了的"豆汁儿"（不是牛奶），想哭都来不及了。假如立刻打退堂鼓，两年的功夫白花了；再说，刚唱开锣戏就下台鞠躬，透着泄气！

事先也没拟个"作业大纲"，写的时候只有顺着溜，走到哪儿算哪儿。好像早期的文明戏，没有剧本，演员在台上临时编台词，完全"见机行事"，只要故事大致差不多就行了。可有一节，章法虽乱，内容可没瞎编，绝不会像王斤役那么"信口开河"[5]。

老舍生平部分，多半是根据他自己的文章。这也不是说，他自述式的资料一定可靠，因为有时候记忆错误、疏忽，或故意夸张，过分谦虚，言不由衷等等都会出毛病。自传一类的文章往往有两种趋势：一种是"想当年"派，表示以前如何了不起，如今虎落平阳；一种是"淮右布衣"派，说幼年时如何困苦，有今天的成就完全是自己奋斗的成果，绝非侥幸。为了避免这两种"偏差"，我就采用别人所写有关他的文章，互相参照。假如同一件事，有不同的说法，或有矛盾之处，就同时胪列，等行家来指正。

有关老舍作品部分，不论是分析或评论，完全是我个人主观的看法，不理别人的意见。我觉得这和吃东西一样：有人爱吃冰激凌，就有人爱吃臭豆腐。我对他的作品并没有什么高深的见解，立论只凭个人好恶，不理"思想性"如何。我吃东西也是一样，只管可口与否，不研究它的营养价值。

书归正传。

注释

* 借用老舍同名的一篇短篇小说的名字作为子题。
1 "豆汁儿"是绿豆和白玉米发酵以后做成的汤,其味酸中带馊,喝的时候佐以辣咸菜。价钱极便宜,是北京粉房的副产品。
2 1925年赵仁斋在北京北海公园内开设的一家饭馆,聘原清宫的厨师,仿照"御膳"的做法,制造各种菜点,因而取名"仿膳"。1955年收归国营。1956年10月1日中共在国庆招待外宾的宴会上,由仿膳供应了四千个小窝头,一时驰名海外。
3 商业部饮食服务业务管理局编,北京:中国财政经济出版社,1963年版。
4 Zbigniew Slupski, *The Evolution of a Modern Chinese Writer: An Analysis of Lao She's Fiction With Biographical and Bibliographical Appendices*(Prague: Publishing House of the Czechoslovak Academy of Science, 1966)(原名太长,我就译成《论老舍》。)
5 王斤役:《老舍小传》,载1934年5月20日《人间世》第4期。

老舍
和他的
作品

第一章

光绪二十四年秋天,康有为、梁启超他们几个闹戊戌政变失败,"六君子"在菜市口砍了头,西太后把皇上囚在瀛台,重新训政。北京的老百姓和往常一样,在腊月二十三照旧买糖瓜儿祭灶[1]。老舍就在那天诞生,属狗[2]。按阳历算,是公元一八九九年二月三日[3]。

老舍的生日是农历"立春"的前一天[4],就是所谓"小年夜"。他老太爷一想:就拿这孩子的出世来庆贺新春吧!所以起个名字叫舒庆春[5]。

老舍是旗人,他姓什么,不清楚。因为满人对姓氏的观念和汉人不同。比如西太后的亲戚瑞麟,他姓叶赫那拉，字澄泉，官场中称他"瑞中堂"。他的儿子怀塔布，一般人叫他"怀大人"。

我们知道他原名叫舒庆春，这个舒字可能是排行。像宣统的名字叫溥仪，他的几兄弟叫溥儒、溥桐等等。"舒字辈"旗人，我只知道咸丰年有个舒兴阿，做过云南巡抚，属正蓝旗，是否和老舍有关系，查不出来。还有，旗人用第一个字作排行，也不是定律，比如肃顺的哥哥就叫端华。

为了行文方便，我们就暂定他姓舒，我想即使他还活着，也不会反对。因为他给女儿起个名字就叫舒雨[6]。

舒舍予是后来自己起的名字（也许是"字"或"号"），将"舒"字一拆为二，看起来好像比"庆春"雅致点，也有些"维新"的气息。

"老舍"是他写文章的笔名，从一九二六年在《小说月报》发表《老张的哲学》[7]起，一直沿用到去世前。中间只有为《齐鲁大学季刊》翻译文学批评一类的文章用舒予[8]。正式文件，他仍用本名，像"文学研究会"的会员登记录上就写的是舒庆春[9]。

他的英文名字叫老萧（Lau Shaw），可能是借用这个现成的英文姓，要不然就是仰慕萧伯纳（George

Bernard Shaw）的意思。不过一般英文书都用罗马拼音Lao She。

罗常培说他的小名叫"小秃儿"[10]，不知道是开玩笑，还是真的。

注释

1　传说中那天是灶王爷张士贵回天庭向玉皇大帝去做"汇报"的日子。北京人都用麦芽糖做的小瓜去祭他。以便"上天言好事，回宫降吉祥"。用糖瓜儿还有一个意思：糖是黏的，把灶王爷的嘴糊住，有什么坏事，不要"汇报"。

2　老舍：《一天》，载《老舍幽默诗文集》，上海：上海时代图书公司，1934年版。

3　老舍：《大喜》，载《人民文学》第57期。
　　老舍：《老舍自传》，载《明报月刊》1966年第11期（原载《宇宙风》）。
　　［捷］斯拉普斯基：《论老舍》。

4　老舍：《百花齐放的春天》，载《福星集》，北京出版社，1958年版。

5　同上。

6　舒雨，北京外国语学院毕业，"文革"前在对外文化联络委员会德文组工作。

7　《老张的哲学》发表于1926年7月至12月《小说月报》第17卷第7至12期。前两期用舍予的名字发表，后用老舍。

8　1931年起，老舍在山东济南的齐鲁大学教书，并主编《齐大月刊》，还翻译过伊丽莎白·尼奇（Elizabeth Nitchie）的文学批评，标题是《文学与作家》《文艺中理智的价值》《文艺中道德的价值》。后又在《齐大季刊》中再登载，均用舍予的笔名。

9　赵景深：《现代作家生年籍贯秘录》，载《文坛忆旧》，上海：北新书局，1948年版。

10　罗常培：《中国人与中国文》，载1943年4月19日昆明《扫荡报》。

第二章

老舍属于哪一旗？待考。是满洲人？还是汉军旗？也不清楚。

既是旗人，祖上当然是跟着爱新觉罗氏入主中原的"从龙之士"，但是到了清末，他家里和很多穷旗人一样，都成了破落户。

老舍的父亲是保卫皇城的"护军"[1]，每月关三两饷银，维持一家六口的生活。

护军的任务除了站岗之外，就是皇上出巡的时候，赶赶老百姓。他们平日缺乏训练，配备的武器是当时已经落伍了的"抬枪"[2]，至于作战经验就更谈不到了。

没想到庚子那年（一九〇〇年）闹义和团，八国联军打进了北京城。老舍的父亲守土有责，把住北长街一家粮店抵抗，老式的抬枪当然敌不过洋枪洋炮，就活活地被烧死，殉了大清朝。虽说是为国捐躯，可也没有恩谥"忠愍"什么的，因为他不过是个"武弁"。

联军占领了北京之后，老舍在《〈神拳〉后记》[3]有过这么一段描写：

> ……我们的炕上有两只年深日久的破木箱。我正睡在箱子附近，文明强盗又来了。我们的黄狗已被前一批强盗刺死，血还未干。他们把箱底儿朝上，倒出所有的破东西。强盗走后，母亲进来，我还被箱子扣着。我一定是睡得很熟。要不然，他们找不到好东西，而听到孩子的啼声，十之八九也会给我一刺刀。一个中国人的性命，在那时节，算得了什么呢！况且，我又是那么瘦小、不体面的一个孩子呢！

老舍父亲死后，没有抚恤金，三两纹银的饷也没了。他母亲就挑起一家生活的重担。那年老舍才三岁。

也是在《〈神拳〉后记》里，老舍描叙了当时的情况：

……母亲当时的苦痛与困难，不难想象。城里到处火光烛天，枪炮齐响，有钱的人纷纷逃难，穷苦的人民水断粮绝。父亲是一家之主。他活着，我们全家有点老米吃；他死去，我们须自谋生计。母亲要强，没有因为悲伤而听天由命。她日夜操作，得些微薄的报酬，使儿女们免于死亡。在精神状态上，我是个抑郁寡欢的孩子，因为我刚一懂得点事便知道了愁吃愁喝。

以后的生活，他在一篇《贺年》[4]的文章里回忆说：

……记得当初我还是个孩子的时候，家里很穷，所以母亲在一入冬季就必积极劳动，给人家浆洗大堆大堆的衣服，或代人赶作新大衫等，以便挣到一些钱，作过年之用。

姐姐和我也不能闲着。她帮母亲洗、作；我在一旁打下手儿——递烙铁、添火，送热水与凉水等等。我也兼管喂狗、扫地，和给灶王爷上香。我必须这么作，以便母亲和姐姐多赶出点活计来，增加收入，好在除夕与元旦吃得上包饺子！

老舍在很多文章里追忆他幼时的穷困。由于环境的熏染，他对于北京的穷人和小市民了解得特别深刻，在他的作品里，也以描写这些人物最成功。

北京小市民的特点是本分、窝囊、有正义感，但好耍小心眼、自私、好面子，在适当的情形下也帮助别人。做事任劳任怨，但无进取心。无论在哪方面都没有惊人的成就，可也不作大恶。老舍具备了这些特性。

有人说北京人都"䐻"（读"松"，第二声）[5]，也有道理。历来的造反、革命，都没北京人的份儿，更不用说叱咤风云了。往好里说是"有修养"，其实就是没出息。老舍在"䐻人"之中算是出类拔萃的了。

老舍在很多书里都以"北京䐻人"做主角，描写得也确是入木三分，因为他自小在那种环境里长大，而且自己也是其中之一。

注释

1　老舍：《神拳》，北京：中国戏剧出版社，1963年版。

有关"护军"之详情，可参考《清代通史》上卷第四篇第二十章。

2　老舍：《神拳》。

3　老舍：《神拳》。

4　老舍：《贺年》，载《福星集》，北京：北京出版社，1958年版。

5　㞞：北京俗话形容某人没用叫"㞞人"。"狗㞞"是形容某人又坏又没用。外地人不解，常误写为"狗熊"。

第三章

光绪三十一年（一九〇五年）七月，清廷下诏书，自丙午年（一九〇六年）开始，停乡会试和童岁科考，一切"士子"都要由"学堂"出身，从此废除了一千多年的科举制度。

老舍那年八岁，奉母命放弃"私塾"，考进了西直门大街路南的市立高井胡同第二两等小学堂，因为有"私塾底子"，编入初小三年级。不久，这个小学堂改办女校，老舍转入南草厂的市立第十四小学堂[1]。

这时期，各地革命分子纷纷起义。光绪死，宣统登基，同盟会的七十二烈士死难广东……可是"天子脚下"的北京,一切都照旧。

老舍和多数的北京孩子一样:逛天桥,吃零嘴,看"噌儿戏";上茶馆,听评书,听相声。他家里穷,手里没零用钱,这些"费用"往往都是由小朋友罗常培代付[2]。

这一段生活,对老舍以后的写作,影响很大,尤其是在《茶馆》和《龙须沟》里。

老舍读书的成绩不太好也不太坏。太坏,他日后成不了作家;太好,恐怕他自己也不会承认。他虽很少"逃学"[3],但挨手板和罚跪倒是家常便饭[4]。

在一篇叫《读书》[5]的文章里,老舍说:

……从我一生下来直到如今,没人盼望我成个学者;我永远喜欢服从多数人的意见。可是我爱念书。

书的种类很多,能和我有交情的可很少。我有决定念什么书的全权;自幼儿我就会逃学,楞挨板子也不肯说我爱《三字经》和《百家姓》。对,《三字经》便可以代表一类——这类书,据我看,顶好在判了无期徒刑以后去念,反正活着也没多大味儿……

第二类书也与咱无缘:书上满是公式,没有一个

"然而"和"所以"。据说,这类书里藏着打开宇宙秘密的小金钥匙。我倒久想明白点真理,如地是圆的之类;可是这种书别扭,它老瞪着我……

不管这篇文章是老舍自我揶揄也好,没话找话也好,反正他小时候不是一个十分用功的学生。

注释

1 老舍:《悼罗常培》,载 1959 年《中国语文》1 月号。
罗常培:《我与老舍》,载《中国人与中国文》,上海:开明书店,1934 年版。
2 同上。
3 老舍:《自传难写》,载《老舍幽默诗文集》,上海:上海时代图书公司,1934 年版。
4 老舍:《读书》,载《老舍选集》,现代创作文库(上海:上海万象书屋),1936 年版。
5 同上。

第四章

宣统三年（一九一一年），辛亥革命成功，孙中山做了临时大总统，中国几千年的帝制统治变了共和国。

民国元年（一九一二年）三月，大总统换了袁世凯。老舍考进祖家街的北京市立第三中学。按阴历算，他那年十四岁[1]。

政治上的巨变，对老百姓的生活并没有什么大影响。老舍家里依旧是很困苦，而且人丁也越来越凋零了：和他家同住了三十年的老姑母刚死不久，姐姐已经出嫁，哥哥在外边当差，只有他和母亲相依为命[2]。

《老舍四十自传》里说："三岁失怙，可谓无父；

志学之年，帝王不存，可谓无君；无父无君，特别孝爱老母。"

老舍很多文章里都提到他母亲，在《我怎样写〈老张的哲学〉》里[3]，有这么一段："我自幼便是个穷人，在性格上又深受我母亲的影响——她是个宁可挨饿也不肯求人的，同时对别人又是很义气的女人。"

老舍在"市立三中"读了半年，就考进北京师范学校，他转学并非为了立志将来献身教育事业，而是图那里不要学膳费，还供应书籍和制服[4]。

在"北师"，老舍相当用功，国文成绩尤其好。当时很受到校长方还的赏识，亲自教他作旧诗词[5]。他有时候也仿着陆放翁或吴梅村作几首旧诗[6]，可惜这一类的作品他少发表。

由于对旧学下过功夫，才奠定了他日后作国文教员的基础。同时对他后来的写作也有很大影响。在他的作品里，熟练地运用文字技巧，半文半白的体裁，字句间俏皮和巧妙的安排，都是那时候打的底子。

在"北师"，老舍读了四年，除了学校的课程之外，他对"时务"也相当有兴趣。据罗常培说，这时期他非常活跃；经常参加辩论会，而且十回有九回胜利,同时也常到宣讲所去演讲[7]。

这里我顺便介绍一下当时环境对他的影响。

民国成立那年,老舍刚进中学,正是发育时期,思想上虽然不成熟,但青年人吸收力强,感觉敏锐。正巧碰上"时局"也是一个新的开始。

清朝两百六十几年的统治结束了。爱新觉罗王朝倒了台。老舍是旗人,按说应该沮丧才对,可是他和汉人一样地感到兴奋、新奇;这在《我这一辈子》和《茶馆》里,我们都能蛛丝马迹地找到他自己的影子。他有这种感觉,可能是以下几个原因:

一、在清朝,"皇恩"并没有沐及老舍家这种穷旗人,他们一直是在贫困中挣扎。那时候旗人的特权已经式微,而且也一样受到迫害。譬如在《茶馆》里有这样一段对白:

宋恩子(清廷特务):"你还想拒捕吗?我这儿可带着'王法'呢!"(掏出腰中带着的铁链子)
常四爷(正派商人):"告诉你们,我可是旗人!"
吴祥子(清廷特务):"旗人当汉奸,罪加一等!锁上他!"

二、民国成立以后，汉人并没对旗人实行大规模的报复行动，甚至于连歧视也很少见。那时候有优待皇室条例，宣统仍然在紫禁城里关上门做皇帝。

三、清末政治腐败，国势日衰。朝野都在寻求图强之道。当时虽然学说纷纭，总括起来，不外乎"办洋务"一途。所谓"西学"，在知识分子中间很流行。老舍那时候刚进师范学校，由于耳濡目染，当然对于所谓"新知识"也略有涉猎。他虽然不一定能明白国家病源所在或图强之法，但懂得"穷则变、变则通"的道理。由"帝国"改成共和是"大变"，所以他可能相当兴奋。

四、老舍小时候虽然上过短时期的私塾，但后来一直都是读"洋学堂"，并没有受过训练科举人才的教育，所以对新事物很容易接受。

由于以上的几种原因，他对新的政权寄以希望。可是事实的发展，使他的新希望趋于幻灭。他看到了宣统皇帝换了袁世凯大总统，换汤不换药，政治一样地腐败，土匪军阀横行霸道，内战外侮没停过。穷则变，变则"没"通。

在他早期的作品里，多数是以讽刺"旧的事物"作为主题，恐怕也是受到那时候的影响。

注释

1　老舍：《悼罗常培》。
2　老舍：《抬头见喜》，载《老舍幽默诗文集》，上海：上海时代图书公司，1934年版。
3　老舍：《我怎样写〈老张的哲学〉》，载《老牛破车》(由原载于1935年《宇宙风》第1至21期的文章集成)，上海：人间书屋，1937年版。
4　老舍：《悼罗常培》。
5　罗常培：《我与老舍》。
6　[捷]斯拉普斯基：《论老舍》。
7　罗常培：《我与老舍》。

第五章

民国四年（一九一五年），袁世凯接受了日本的"二十一条"，全国愤慨。

那年九月，陈独秀在上海创办《新青年》（原名《青年》），提倡"新文化"，介绍"新思想"。

年底，袁世凯嫌大总统不过瘾，接受"拥戴"，要当"皇上"。

第二年（一九一六年）正式"登基"，结果天怒人怨，众叛亲离，闹了不到三个月，折腾死了。

时局像"走马灯"似的，一幕一幕地换。北京的老百姓照旧完粮纳税，反正"帝制"和"共和"都差不多。

那年老舍从师范学校毕业,由校长方还的推荐,当了北京方家胡同市立小学校长,才十七岁[1]。

十七岁还是个大孩子,去负责国家基本教育行政重任,以现在的眼光来看,简直有点"荒唐"。可是那时候刚废止私塾没几年,全国都改成洋式"小学堂",教育行政人才缺乏,无论如何,老舍是正规师范学校毕业。机缘巧合,这个大孩子就当了小孩子头儿。

这是老舍有生以来第一个职业。同时也把家庭的重担由母亲手里接过来。他必须兢兢业业,保住这个饭碗。

老舍规规矩矩地做了三年小学校长。考绩特优,由当时的学务局派到江浙考察教育[2]。对他来讲,这是一种荣誉。我想他当时一定相当兴奋,因为有机会能到"南边"去见见世面。

就在老舍南下的那年(一九一九年),如火如荼的"五四运动"开始了。由北大等十几个学校的学生发起示威游行,火烧赵家楼,痛打章宗祥。后来全国响应,连安分的北京人也卷入了这个大风波。

三月底,中国出席巴黎和会的代表拒绝对德和约签字。

十月十日孙中山宣布改中华革命党为中国国民党。

年底,毛泽东在湖南办《湘江评论》[3]。

瞬息万变的"时局",对老舍的影响并不太大,他在《我怎样写〈赵子曰〉》[4]里说:

> ……"五四"把我与"学生"隔开。我看见了五四运动,而没在这个运动里面,我已作了事。是的,我差不多老没和教育事业断缘,可是到底对于这个大运动是个旁观者。看戏的无论如何也不能完全明白演戏的……

这话,依我看,他有点儿言不由衷。

当时周围的环境,对老舍有多大影响,我们无法知道。但作为一个青年知识分子,面临这么大的一个运动,当然不会无动于衷。我们可以肯定地说,他对于当时的社会一定感到不满。既"不满",为什么又没有什么行动呢?

我看主要是为了"生活",得来不易的职位,不能凭一时冲动,就把饭碗砸碎。还有,"五四"各校代表决议,成立"北京中等以上学校学生联合会",没有小学师生的份儿。老舍是小学校长,以他"北京人的性格",绝不会"上赶着"去参加。

另外一个不可忽略的因素:他是"北京骰人"。北京人永远安于现状,不做"过激的事情"。五四运动是"革命"和"造反"的行为,北京人绝不会参加。所以他只限于"不满",或者"彷徨"。

同时,老舍并没有一定的政治理想,或笃信任何学说,所以就无从为某种理想或学说去奋斗,而成为一个革命者。他写过一篇叫《习惯》的文章,叙述任何一个主义、一种理论都不能使他永远相信。有时候一篇文章,一场电影,或者和朋友谈一席话都能改变他的整个思想。而生活习惯则不易改变:如抽烟、喝酒和种花之类。

他的理想是什么呢?在《我怎样写〈赵子曰〉》里边,他说:

> ……我自幼贫穷,作事又很早,我的理想永远不和目前的事实相距很远,假如使我设想一个地上乐园,大概也和那初民的满地流蜜,河里都是鲜鱼的梦

差不多。贫人的空想大概离不开肉馅馒头,我就是如此。明乎此,才能明白我为什么有说有笑,好讽刺而并没有绝高的见解。

老舍不但没有什么固定的"理想",而且也不大喜欢好高骛远的人,在《我的理想家庭》[5]里,他说:

……一个二十多岁的小伙子,讲恋爱,讲革命,讲志愿,似乎天地之间,唯我独尊,简直想不到组织家庭——结婚既是爱的坟墓,家庭根本上是英雄好汉的累赘。及至过了三十,革命成功与否,事情好歹不论,反正领略够了人情世故,壮气就差点事儿了。虽然明知家庭之累,等于投胎为马为牛,可是人生总不过如此……

这些话可以代表老舍对做人的看法。在《一筒炮台烟》[6]中的关进一、《铁牛与病鸭》[7]里的王明远都是他心目中的"理想公民"。他们的特点是身体健康,爱国家,孝父母,做人本分,做事规矩,助人克己,大节无亏,小节马虎……

在《大悲寺外》[8]里的黄先生,《骆驼祥子》[9]里的曹先生都是老舍心目中的好人。而丁庚和阮明一类的青年都是"披着革命外衣"的坏蛋。依老舍的看法,三十岁以前的革命者多出于赤诚,上了年纪就变成了"吃革命饭"的,而拿美丽的理想去奴役别人的自私自利者。

总之,老舍理想中的"标准公民"和当时"修身"教科书里讲得差不多。

注释

1　罗常培:《我与老舍》。
2　同上。
3　吴民、萧枫合编:《从"五四"到中华人民共和国的诞生》,北京:新潮书店,1951年版。
4　老舍:《我怎样写〈赵子曰〉》,载《老牛破车》,上海:人间书屋,1937年版。
5　老舍:《我的理想家庭》,载1936年11月16日《论语》第100期。
6　老舍:《一筒炮台烟》,载《老舍选集》,香港:文学出版社,1971年版。
7　老舍:《铁牛与病鸭》,载《赶集》,上海:良友图书公司,1934年版。
8　老舍:《大悲寺外》,载《赶集》,上海:良友图书公司,1934年版。
9　老舍:《骆驼祥子》,载1936年3月至1937年5月《宇宙风》第25至41期。

第六章

老舍由江浙考察教育完毕，又回到北京，晋升为北京北郊劝学员[1]。在当时他的环境来说，那是个"优差"，职位虽低，大小是个"官儿"。

这是老舍第一次"从政"，也正是中国教育制度青黄不接的时期。他在这"小小的官场"里看到了很多奇离古怪的现象，后来就以那段经历，作了写《老张的哲学》的材料。

老舍这个"小教育官儿"，每月大概有近两百大洋的收入，生活也因此略有改善。可是他究竟不是做官的"材料"，一年后，辞职了。

"辞官"之后,他跑到天津南开中学去教国文[2]。课余之暇,他在校刊上发表过一篇小说[3]。可算是他的"处女作",但题目和内容到现在都没办法找到。

据他的老朋友宁恩承说,在南开使老舍最窘的是吃麻雀[4]。天津人以炸麻雀为"上菜",所以教员伙食里时常有这一道菜。老舍认为麻雀小得可怜,不忍去吃。每次饭桌上有麻雀,就离座到外边去吃面,他称之为"麻雀之难"。

当时老舍舍"教育官"不为而就教职,真正的原因现在无稽可考,想象中可能是北洋政府的学务局相当腐败,无法相安下去[5]。

这时"政局"也很乱!

袁世凯虽死,官僚轮流执政,北洋军阀混战,仍然是一团糟。

孙中山又在广州组织了革命政府,和北政府对垒。

中国共产党在上海成立,并且在嘉兴的鸳鸯湖画舫上开了第一次全国代表大会。

文化界也相当热闹!保守派,改良派,民主自由派,马克思派等展开了大论战。

老舍这时候由天津回到北京,在顾孟余主持的教育会做书记,同时还在北京市立第一中学兼两小时的国文课。每月收入只有四十几块大洋,生活又陷窘境,常在水火不济的时候,以典当度日[6]。

贫困并没阻止了他的"向上心",做事之外,老舍还到燕京大学的校外课程部去读英文。在燕京,他认识了访问教授艾温士[7],后来就是由艾温士教授的介绍,他才到英国的伦敦大学去教中文。

注释

1 罗常培:《我与老舍》。
2 据老舍的朋友宁恩承所写的《老舍在英国》(载《明报月刊》1970 年第 53 期)说:老舍是辞掉北郊劝学员之后就在北京教育会做书记,然后去天津南开中学教国文。但斯拉普斯基的《论老舍》则说辞劝学员职位后即去天津南开中学,半年后才回北京做教育会书记。
这两种说法相差的时间很大。我无法找到其他资料来证明谁说的正确,只有存疑。我采取斯拉普斯基说法是为了行文方便,同时斯拉普斯基为写那本书曾亲自赴北京去访问老舍,可能比较正确。
3 老舍:《我怎样写〈老张的哲学〉》。
4 宁恩承:《老舍在英国》。
5 [捷]斯拉普斯基:《论老舍》。
6 罗常培:《我与老舍》。
7 [捷]斯拉普斯基:《论老舍》。

第七章

民国十三年(一九二四年)秋天,老舍到了英国,就任伦敦大学东方学院的中国语讲师。那年他二十七岁。

以老舍自己的说法,他远渡重洋去就业是为了学英文[1]。我想实际上可能是借此机会到外国去见世面,在人生旅程上多一些经历。

伦敦大学是"联邦制度",总管理处属下有五十二个学院。东方学院是其中之一,那时候是在伦敦市内的芬斯波雷道(Finsbury Pavement),临街面公园。虽近火车站,但并不十分嘈杂[2]。东方学院里分成印度、阿拉伯、日本、中国等系。每系各有一个教授,也就是系主任；下设一位副教授（Reader）、一位讲师，如果人手不够，就到外边去请临时工。

当时中文系主任是教过宣统英文的庄士顿[3]。副教授是位女士，叫爱德华。讲师就是老舍。他这个讲师是东方学院所聘，与伦敦大学无关；也就是说，在英国学制上，这不算什么资历[4]。

东方学院的学生背景很复杂：有军官，有银行职员，有家庭主妇……年龄从十二岁到七十岁都有，只要交得起学费，就能上课，很像香港的什么语言专修班。

课程以语言为主。但学生另外想学什么，先生就得教什么。学生们要求的不一样，先生非分别"传授"不可。所以往往一个学生就得开一班。当时有个学生要学中医，老舍说："这个我办不了。"庄"太傅"很不高兴。但老舍坚持不教岐黄术。"太傅"没办法，自己和那个学生对付了一学期[5]。

班次多，功课复杂，老舍的工作不算轻松。但学校当局所排的功课表还算合理，每星期都能轮到两天休息。一年平均起来有五个月的假期。假期中如果学生和先生两厢情愿，仍然可以开课，这份"束脩"就算先生的额外收入。不上课的日子，图书馆里相当清静，老舍的《老张的哲学》《赵子曰》和《二马》就是在那里写的[6]。

老舍的年薪是三百五十镑。以当时的英国物价来说,这个待遇不算高。那时候剑桥和牛津的学生每年都要用到四五百镑。老舍以这每月三十镑的收入,除了在伦敦维持自己的生活之外,还要寄回北京去奉养老母。所以他手头相当"紧"。除了本薪之外,我们只知道他给唱片公司做过国语录音,赚了些"外快"[7]。至于帮艾支顿[8]翻译《金瓶梅》能拿到多少钱,就不清楚了。

注释

1 老舍:《我怎样写〈老张的哲学〉》。
2 老舍:《东方学院》,载 1937 年《西风》第 6 期。
3 庄士顿(John Fleming Johnston):原籍苏格兰,牛津大学文学硕士,曾在香港、山东英租界威海卫做文员。后经李经迈(李鸿章之子)介绍,徐世昌总统聘请,到故宫教宣统帝英文,时为 1919 年 3 月。后来这位洋太傅还自己起了个"号",叫"志道",采《论语》"士志于道"的意思。关上门做皇帝的溥仪也很凑趣,赐这位洋师傅"毓庆宫行走""赐头品顶戴"等虚衔。庄士顿离开北京后,又到威海卫当了一阵子专员。租界收回后,办理过庚款。回英封爵士,做了东方学院教授兼外交部顾问。我想他聘老舍做讲师,可能因为老舍是旗人。此人倾向满清,在中国还帮宣统搞了一阵子复辟。(现今一般译为庄士敦。——编注)

4　老舍:《东方学院》。
5　同上。
6　同上。
7　宁恩承:《老舍在英国》。
8　Clement Egerton。

第八章

老舍刚到伦敦的心情,和所有"初到异域"的人差不多:慌、忙、乱,对很多新事物,有些是从来没听说过的,有些是久闻其名今日才见到。在生活上:要适应这个新环境,探索新知识……在他的小说《二马》[1]里,有一段描写马氏父子初到英国的情形,我想有很多地方是他的"自我写照"[2]。

还好,艾温士教授[3]预先已经给他找好了房子:在离"城"十里的一个人家里。房东是两个老姑娘:姐姐"身""心"都有点残废,妹妹除了扶持她,兼操作家务。姐儿俩的生活是靠父亲遗留下的两所房子:一所变卖之后把钱存在银行生利息,另一所自己住,楼上的空房就租给老舍。言明包早晚两餐,管洗衣服和收拾屋子[4]。

那个妹妹积年累月地操作,伺候病人,一直到头发由黑变白,背驼腰弯,仍然没嫁人。她们姐儿俩艰苦度日,却从来不求助于环境较为富裕的哥哥。

老舍很佩服她们的"独立精神",并且说这是"资本主义社会制度逼出来的"[5]。其实他不明白,所谓"独立精神",是工业社会的必然产物。只有在农业社会里,才会因血缘关系,彼此照顾,互相倚靠;宗族之中,提拔、牵扯,常常会"一人得道,鸡犬升仙"。而老舍刚刚离开的中国,基本上仍是农业社会。

老舍在两个老姑娘的家住了一冬。

第二年春天,他在东方学院遇见了艾支顿,两人谈得很投机,一商量,就合租了一层楼,由老舍出房租,艾支顿供给饭食,并且彼此交换知识。这么一来,老舍和艾支顿夫妇同住了三年。不但成了好友,还合译了《金瓶梅》[6]。

在所有老舍的著作里,从没提过翻译《金瓶梅》这件事。按他写作的习惯,每篇作品完成之后,往往要写一篇"创作经过"之类的文章,唯独没有《金瓶梅》。我想可能由于那种"北京傲人"的性格,觉得翻译这类"淫书"有点"不好意思"。而且他回国之后,一直在教育界和文艺界工作,这件事就更不愿意人家知道了。可是艾支顿就不同了,他这部四大册的"淫书",在一九三九年出版之后[7],第一页就写着:"献给我的朋友——舒庆春。"在"译者注"中有这么一段:"我在此特别致谢舒庆春先生。舒先生是东方学院的讲师,如果不是他协助我完成这部书的初稿,我当初根本没有勇气接受这件翻译工作。"[8]

在老舍的外国朋友中,艾支顿算是对他影响相当大的一个人,现在把他的来历简单地介绍一下:

克利孟特·艾支顿,父亲是个英国的乡村牧师,他自己却不信教。年轻的时候和一个女孩子私奔,逃到伦敦结了婚,生了四个小孩。

他的英文写得非常漂亮。拉丁文、德文、法文程度都不错。写过几本讲教育的书:内容不高,文字相当美。老舍和他同住的原因,是为了学些地道的英文。

第一次欧战的时候,艾支顿投了军,退役时候的官阶是中校。战后拿到一笔不小的遣散费,回到伦敦,在牛津补习校做教员，生活相当安定。

就在这时候，他和一个美国女人闹起恋爱来了，原配夫人告到公堂，离婚案成立。弃"黄脸婆"迎新欢，艾支顿很高兴，没想到学校就为这个"桃色事件"把他辞退。失业之后，他自己生活无着，每月还要付前妻的赡养费，景况极为狼狈。幸而他的新夫人是经济学硕士，很快找到职业，但收入也很有限。

艾支顿虽穷，可还挺会花钱：他爱买书，爱好吸烟，有时候还喝两盅儿。老舍的性格和他差不多，两个人一见如故，成了莫逆之交，一起同住了三年。这三年之中，艾支顿始终没找到职业。

他们合租的房子，三年租约期满。房东要加租，他们拒绝，遂各自找房搬家。老舍和艾支顿夫妇分手之后，还经常来往，一直到老舍要离开英国的时候，艾支顿才找到职业[9]。

以后老舍就搬到罗素广场（Russell Square）附近的一家学生公寓。每星期的房租是两镑十先令：包早餐和周末及星期日的全天伙食。房里的煤气炉子是"按表计银"，很像停车场的"吃角子老虎"。放进一先令，炉子周围七八尺就暖和一会。时时要记住往里续钱，要不然它就会自动灭掉。而伦敦的冬天又冷又长，老舍花了不少钱来养这个"吸血鬼"。

每逢假日，公寓里的人常常都出去了，就剩老舍一个人吃中饭，女佣人的脸就拉得一丈多长。因为老舍要是也出去，她就可以自动放假。老舍在这种情形下，当然很尴尬，只有对她说："我晚上不回来吃了。"女佣人冷笑回答："那太好了。"老舍为此事耿耿于怀，和朋友谈起来就感叹地说："哪里都看不起穷人，到处受奚落。"[10]

在学生公寓住了半年，既受罪又受气，找房搬家。

这趟是在南伦敦租了一个房间。房东是一对老夫妇，带着个女儿。

老头儿——达尔曼先生，是个标准的英国小市民：工作勤奋，沉默寡言，没什么文化，所有的知识都得自《伦敦时报》(*The Times*)。达尔曼太太则是她先生的"翻版"，只是比她先生更无知。

达尔曼小姐没什么专长，整天躺在家里。她曾经在报纸上登过一段小广告——教授跳舞，芳心暗想，借传授舞艺的机会，既可以择偶选婿，又能找点零钱花。无奈事与愿违，告白登出很久，没人上门请教。眼看标梅已过,老这么"愣"着也不像话,就把目标转向老舍:愿以半价传授舞技,以示优待。老舍没接她的"下碴儿"!

房东小姐落花有意,"北京傀人"流水无情。达尔曼小姐心里窝囊,没事做,又没别的男朋友,常常吃完晚饭就装头疼钻到房里去睡觉。依老舍的看法,她恐怕要长期窝在家里,做老姑娘了。

老舍在《我的几个房东》里说:"'房东太太的女儿'往往成为留学生的夫人,这是留什么外史一类小说的材料;其实,里面的意义岂止是留学生的荒唐呀!"言外之意,留学生多数都很"规矩",他自己就是一例。

注释

1 老舍:《二马》,载 1929 年 5 月至 12 月《小说月报》第 20 卷第 5 期至 12 期。

2 老舍:《我怎样写〈二马〉》,载《老牛破车》,上海:人间书屋,1937 年版。

3 在斯拉普斯基的《论老舍》里,只写着 Professor Evans, who was lecturing at the Yen-Ching University recommended Lao She for the post of assistant lecturer in Chinese at the London University School of Oriental Studies。在老舍的《我的几个房东》里也只写着"艾温士教授",故查不出此公的来历。(据老舍之子舒乙回忆,艾温士原名为 Robert Kenneth Evans,中文

名为"易文思"。——编注）

4 老舍:《我的几个房东》,载 1936 年 12 月《西风》第 4 期。
5 同上。
6 《金瓶梅》: *The Golden Lotus*, Clement Egerton, George Routledge & Sons Ltd London, 1939。

   在 *Biographical Dictionary of Republican China*（Howard L. Boorman, Columbia Press,1970）里，是这样写的: For the next five years, he（Lao She）spent most of his time at the home of Clement Egerton, then Gilchrist scholar in Chinese at the school, whom he assisted in the translation of Ming novel Chin-ping-mei（P.132）。
7 参阅上注。
8 原文是 Without the untiring and generously given held of Mr. C. C. Shu, who, when I made the 1st draft of this translation, was Lecturer in Chinese at the School of Oriental Studies, I should never have dare to undertake such a task. I shall always be grateful to him。
9 老舍:《我的几个房东》。
10 宁恩承:《老舍在英国》。

第九章

伦敦的天气是冬天阴冷,夏天湿热,经年多雾,少见阳光。老舍来自大陆性气候的北京,当然不易适应。英国衣料固然驰名全球,无奈老舍手边不"富裕",只有长年不替地穿着一套哔叽青色西装,太冷的时候,加一件毛衣也就对付过去了[1]。

英国的饭菜有四大特点:难吃、价钱贵、品种少、不易消化。烹饪术中不知调味为何物:几乎什么东西都是白水煮和愣烧。英国人说这是为了不假佐料而把肉与菜的真正香味烧出来[2]。其实这跟他们的民族性和历史背景有关:

一、英国人的祖先是海盗,当时抢来的东西,赶快煮熟了就吃,无暇去研究烹调术。他们又性格保守,这风气一直遗留下来。

二、重实际:"吃"是为了果腹,其目的是"不饿死",认为研究食物的"味"是多余的事情。

三、历史短,文化浅(立国约在公元八二九年左右,等于中国的唐朝中叶),又是海岛国家。人民生计以贸易和抢劫为主(各种形式的),故形成尚功利,漠视生活享受。

四、英国人对与"实利"无关的事物都缺乏想象力:上一代这么吃法,下一代照方抓药。几百年前的英国"食谱"和现在差不多。只是以前用手抓,现在改用刀叉而已。

老舍生长在北京,北京的小吃全世界有名,他当然对这个"英国大菜"不习惯。所以常常闹"胃病",特效药是上海楼里一先令六便士的汤面,甚至于不中不西的"杂碎"也能对付[3]。

话得两面说:英国人不注重"吃"也有好处,他们省了很多的时间和精力去做有用的事情。中国人和法国人,整天研究"食谱",的确是个很大的"浪费"。

老舍对英国是又讨厌又佩服。

讨厌他们：固执、高傲、寡合、重功利、种族和阶级歧视、极端的个人主义和狭义的爱国主义。

佩服他们：负责任、守纪律、公私分明、极强的独立精神和互助精神、务实际、不"空山雾照"和"海阔天空"、对事物的科学态度[4]。

在《二马》里，他把对英国人的"观察所得"都加了进去[5]。感情上，他则表示："对英国人，我连半个有人性的也没写出来。"[6]在理智上，他警告国人："想打倒帝国主义么，啊，得先充实自己的学问与知识，否则喊哑了嗓子只有自己难受而已。"[7]

在感情上，他无法喜欢英国人，除了艾支顿，几乎没有什么真正的英国朋友。就算是介绍他来英国的艾温士教授和顶头上司庄士顿爵士，老舍也没在任何文章里提起过对他们的感情。只有在《二马》，我们可以蛛丝马迹地找出这两个人"混合的"影子：那就是"伊牧师"。他形容这个传教士是这样的：

> 伊牧师是个在中国传过二十多年教的老教师。对于中国事儿，上自伏羲画卦，下至袁世凯作皇上（他

最喜欢听的一件事），他全知道。除了中国话说不好，简直的他可以算一本带着腿的"中国百科全书"。他真爱中国人：半夜睡不着的时候，总是祷告上帝快快的叫中国变成英国的属国；他含着热泪告诉上帝：中国人要不叫英国人管起来，这群黄脸黑头发的东西，怎么也升不了天堂！

这当然不是对他们两个人的"好评"。

另外老舍提到的英国人有一个年青工人，是社会主义者。因为工厂时开时闭，也就形成了他间歇性的失业。这个人是艾支顿的朋友，常来他们家聊天，好辩论，有时候和艾支顿粗脖子红脸地抬杠。

还有一位小老头儿，精通德、意和西班牙文。也是由艾支顿介绍相识。此老空有学问，找不到事做，只仗着给一家瓷砖厂"跑外"来维持生计。

有位老博士，学贯中西，也是在半失业状态中，他以上门给人家擦玻璃赚些零碎钱来过活。老舍和艾支顿是他的顾客之一。有时候老博士一边工作一边和老舍谈孔子、泰戈尔和中西哲学什么的。

老舍提出这三人是为了说明：在资本主义制度下，

失业和学非所用的情形如何严重。其实他不知道,任何"主义"的社会,这个问题都很难解决。当时的英国,还算是情形较好的地区[8]。

其他像东方学院所接触的英国人,和他的几个房东,那只是相识,算不得朋友。

老舍在英国这五年里,自然遇见不少同胞:老华侨、留学生、学者、生意人、中国驻英使馆人员等等。

其中许地山是国内旧识,那时候正好去牛津进修,和老舍在伦敦碰见,可算是他乡遇故知了。又由许介绍而认识了郑振铎。促成他以后在《小说月报》发表了第一部小说——《老张的哲学》。

其他像徐志摩、章士钊到英国是考察性质,而且他们当时已是"名人",老舍也没有必要去巴结他们。

罗隆基和于俊吉是由美国学成归国,过境英伦,顺带游览。来去匆匆,老舍没机会和他们交往。

刘攻芸、朱光潜忙着读学位。老舍不便去打扰他们用功。

由香港和南洋去英国的像何世礼、关祖尧、林鸣凤等人,因言语隔阂,老舍和他们也没什么"深交"。

真正和老舍常在一起的是宁恩承、郦堃厚、吴定良、邱祖铭和吴南如。他们还成立了读书会,自称为"六君子"。有关他们在英国的情形,宁恩承写的《老舍在英国》里叙述得很详细。

六个人年纪轻,身在"番邦","心怀祖国"。那时候正是国民革命军开始北伐,他们很兴奋,老舍在《我怎样写〈二马〉》里记载了当时他们的心情:"我们在伦敦的一些朋友天天用针插在地图上:革命军前进了,我们狂喜;退却了,懊丧。虽然如此,我们的消息只来自新闻报,我们没亲眼看见血与肉的牺牲,没有听见枪炮的响声。"老舍他们知道的国内消息多来自英文报,常常因拼音不正确而闹笑话。喻如蒋介石翻作 Chiang Kai-Shek,而英文报就写成了 General Shek。他们就弄不懂这位"石克将军"是谁。那时候中文报运到英国走海运,平常要四五十天。等他们看见,新闻已经成"近代史"了。

实际上,那个时期,中国的变化很大。

一九二四年:

国共合作。黄埔军校正式成立:蒋中正任校长,周恩来任政治部主任,叶剑英任教授部主任,聂荣臻等任教官。

冯玉祥把废帝宣统赶出皇宫。

孙中山发表讨伐曹锟、吴佩孚宣言。

一九二五年：

孙中山在北京逝世。

"五卅"惨案。

一九二六年：

国民党在广州开第二次代表大会。共产党员跨党。李大钊、林伯渠、吴玉章等当选为国民党中央执行委员。毛泽东、邓颖超等当选为候补中委。

蒋中正任北伐军总司令。率军北伐。

钱玄同、赵元任创制"国语罗马字"。

这时期老舍很关心"国事"，私生活"严肃"：除了偶尔和朋友到伦敦附近去游览一番之外，简直没什么娱乐。对于女人，更是绝缘。他甚至于对罗隆基闪电式地追求张舜琴也表示不齿[9]。

只有酒，他倒没断了喝，经常地和艾支顿对酌。有一次中秋节跟沈刚伯两个人在"伦敦工人俱乐部"喝得大醉[10]。

注释

1 宁恩承:《老舍在英国》。
2 老舍:《我怎样写〈二马〉》。
3 宁恩承:《老舍在英国》。
4 老舍:《我怎样写〈老张的哲学〉》。
5 老舍:《二马》。
6 老舍:《我怎样写〈二马〉》。
7 老舍:《东方学院》。
8 老舍:《我的几个房东》。
9 宁恩承:《老舍在英国》。
10 老舍:《抬头见喜》。

第十章

老舍到英国半年之后,生活逐渐习惯,工作也上了轨道,异乡的新鲜劲儿已经过去,开始感到寂寞:想家了。这里所谓"家",其实就是国内的一切[1]。

追忆家乡往事,加上在新环境里所得到的一些见闻,两相比较,往往就产生一种对事物的新看法,或者"自以为新"的看法。有些人喜欢把这"看法"和朋友讨论,有些人形诸笔墨,写成文章。很多读书人在国外住上一年半载的都有这种心情,老舍也不例外——这是他开始创作的动机之一。

为学英文,老舍读了不少西洋文学作品[2]。对查尔斯·狄更斯（Charles Dickens）尤其有兴趣。以后在很多"创作经验"的文章里，他都提到这位英国文豪。甚至于在一九六〇年，正是"东风压倒西风"和"打倒洋八股"的运动中，他还说："在我年轻的时候，我极喜欢读英国大小说家狄更斯的作品，爱不释手。我初习写作，也有些效仿他。"[3]

同时，老舍对其他西洋作家的作品，也下过一些功夫，这由后来他在齐鲁大学所开的课程[4]，以及在《齐大月刊》翻译的文章都可以看出来[5]。看了这些名著，就想"照猫画虎"地去摹仿一番，这是他开始创作的另一个动机[6]。

老舍的"文才"，求知的过程，决定了他后来写作的技巧和形式。前面提过，他从私塾、小学、中学到师范，所受到的正规教育，大概有七年半左右。以后就全凭自修去获得知识，在一篇文章里，他说：

……五四运动过去，我只大致的承认了新文艺，喜欢新文艺，没有别的心得与表现。同时，看见别人研究古书，我就也找几本线装书念念，却念不明白。新旧两无所成，使我苦闷。于是，另想出一条路子来：

放下老书，拾起英文，以为能念通一种外国语必有益处。这样，我东一扒子，西一扒子的乱搂，不知到底干什么才好。[7]

这一段话，除了表面谦虚，实际上表现他"学贯中西"之外，大致上还"靠得住"。

但另外一些旧小说和通俗读物，也是他汲取知识的泉源，像《唐人小说》《儒林外史》《水浒传》《三国演义》《红楼梦》《金瓶梅》《啼笑姻缘》《三剑侠》《小五义》和一些公案小说[8]。

还有，我们不能忘记，老舍是"标准北京小市民"，所以京戏、大鼓、相声、评书、单弦等地方曲艺对他写作的风格也有很大影响[9]。

总括来说，在一九二四年底，促成老舍开始创作的因素是：

（一）排遣寂寞——在"东方学院"，他每年有很长的假期，又没多余的钱到处去游历[10]。

（二）思乡[11]、怀旧[12]。

（三）看见了英国工业社会文明的进步，对中国的落后面进行"暴露"和"控诉"[13]。

（四）受"五四"的影响，以"西洋文明"为标准，宣扬"改良主义"[14]，也就是中国旧文人所谓"言志"和"文以载道"。

（五）阅读了些西洋文学作品，由仰慕而想摹仿，刺激了创作冲动[15]。

（六）名利思想[16]。

（七）北京人喜欢"耍贫嘴"。而"耍贫嘴"是一种表现欲的发泄。用写文章来"耍贫嘴"则是一种更大的发泄。

基于以上几个因素，老舍开始了他的创作生涯，着手写第一部小说——《老张的哲学》。

那时候他刚和艾支顿夫妇住在一起，大家感情很融洽。学校里的事不很忙，自己也没有特别不如意的事去忧虑。于是就在安静的东方学院图书馆里，断断续续写了一年[17]。

"老张"的故事发生在北京，背景是老舍"从政"时候所看到的一些现象。

他为什么要采取那一段"经历"作为故事背景呢？因为从二十岁到二十三岁，在老舍的生命史上是很重要的一个阶段，他自己称为"罗成关"。

北京有句俗话是"二十三，罗成关"，来源是《隋唐演义》，其中一段是小将罗成在二十三岁战死紫荆关前。京戏也有《罗成叫关》的剧目。其实这话没什么特别意义，只是合辙押韵，念着顺口。"罗成关"泛指青年人到二十三岁要"遭一次劫"：轻则大病，重则丧命。

老舍在《小型的复活》[18]里说：

"二十三，罗成关。"

二十三岁那一年的确是我的一关，几乎没有闯过去。

从生理上，心理上，和什么什么理上看，这句俗语确是个值得注意的警告。据一位学病理学的朋友告诉我：从十八到二十五岁这一段，最应当注意抵抗肺痨（当时尚无特效药——作者注）。事实上，不少人在二十三岁左右正忙着大学毕业考试，同时眼睛溜着毕业即失业那个鬼影儿；两气夹攻，身体上精神上都难悠悠自得，肺病自不会不乘虚而入。

放下大学生不提，一般的来说，过了二十一岁，自然要开始收起小孩子气而想变成个大人了；有好些二十二三岁的小伙子留下小胡子玩玩，过一两星期再剃了去，即是一证。在这期间，事情得意呢，便免不得要尝尝一向认为是禁果的那些玩艺儿；既不再自居为小孩子，就该老声老气的干些老人们所玩的风流事儿了。钱是自己挣的，不花出去岂不心中闹得慌。吃烟喝酒，与穿上绸子裤褂，还都是小事；嫖嫖赌赌，才真够得上大人味儿。要是事情不得意呢，抑郁牢骚，此其时也，亦能损及健康。老实一点的人儿，即使事情得意，而又不肯瞎闹，也总会想到找个女郎，过过恋爱生活；虽然老实，到底年轻沉不住气，遇上以恋爱为游戏的女子，结婚是一堆痛苦，失恋便许自杀。反之，天下有欠太平，顾不及来想自己，杀身成仁不甘落后，战场上的血多是这般人身上的。

　　可惜没有一套统计表来帮忙，我只好说就我个人的观察，这个"罗成关论"是可以立得住的。就近取譬，我至少可以抬出自己作证，虽说不上什么"科学的"，但到底也不失"有这么一回"的价值。

老舍的这段文章颇有些"警世"的味道，也是他这个时期的"自我写照"。经过是这样：

一九二〇年,他从江浙考察教育完毕,回到北京,晋升为北京学务局的北郊劝学员。那年他正好二十一岁。在一篇《挑起新担子》[19]的文章里,他说:"直到我年过二十,我还没有看透了自己,到底我能作些什么,应当作些什么。我可能作个'混混'[20],东抓一把,西抓一把,混个肚儿圆[21]。"

他混在北洋政府里,当"小教育官儿"。"正俸"每月是两百大洋。那年头一块大洋可以兑换一百二十个铜子。十五个铜子就可以吃顿小馆儿,饭菜之外,还能来壶"白干儿"[22]。这种收入,比起他做小学校长时代,的确算是"暴发户"了。

当了"官儿",生活方式也随之改变:每天除了"上衙门",去北郊各地"视察"之外,就是参加无聊的应酬,于是学会抽烟、喝酒、打麻将。他虽不嫖,但也正像他所说的:"尝尝禁果"——"接触"了女人。[23]

学务局的"公事"很清闲,老舍就整天地豪饮,通宵打牌,听戏,学戏,吊嗓子,上杂耍园子……有时候喝得酩酊大醉,"饮罢归来",把钱包和手绢一齐给了洋车夫[24]。

那时候他单身住在公寓里,每天过着这种"荒唐"

的生活，一连三年，身子"掏空了"，越来越瘦，痰中常常带着血[25]。

他母亲看见这种情形，着了急。根据北京的"老妈妈令儿"：年轻人血气方刚，要"收心定性"，非结婚不可，于是暗中给他定了亲。

那年"五四"刚过。西风东渐，父母之命的婚姻被认为是"封建余毒"，自由恋爱才是男女结合的"正途"。老舍虽在北洋的小官场里"鬼混"，但也受些当时的"新思想"影响，跟老太太提出了抗议。

为退婚，他很矛盾：既要做"新人物"，又怕太伤母亲的心，"自由"和"孝道"势难两全。终于因为他坚持，毁了婚约。这过程中，母子难免闹了些意见。着急，生气，加上身子虚，几下子一夹攻，身染重病。

病中昏过去几次，等到他又能下地走路，头发已全脱落。半年之后，见人还不敢脱帽，因为头光得像个磁球儿[26]。

病愈之后，老舍开始觉醒，戒除了那些"嗜好"。他自我分析这趟"遭大难"的原因是：工作清闲，收入好，"小官场"环境恶劣。于是就起了辞职的念头。正巧，这时上司申斥了他一顿，老舍"罢官"了。

"致仕"之后,他在一家中学找到个国文教员的职位。薪水只有原来的三分之一,当然没钱去"胡闹",也就恢复了正常的生活[27]。

所谓"正常的生活",也只是在病愈之后一个短时期。除了打牌,其他像抽烟和喝酒都没戒掉,一直到晚年仍然保持着这两项"嗜好"。

特别是喝酒,在很多文章里都记载着他的"豪饮"的情形[28]。

这就是老舍的"罗成关"始末。

《老张的哲学》里的人物和环境背景,多采自他那段"游宦"的经历。

一九二五年底,《老张》完稿。

一九二六年七月开始,在《小说月报》上连续登载——第十七卷第七期至第十二期。

除了"盗印版"不算,到一九四九年为止,一共出版了九版。

关于投稿的经过,我们发现了一些问题:据老舍在《我怎样写〈老张的哲学〉》里说:"写的时候是用三个便士一本的作文簿,钢笔横书,写得不甚整齐。这些小事足以证明我没有大吹大擂的通电全国——我在著作;还是那句话,我只是写着玩。写完了,许地山兄来到伦敦;一块儿谈得没有什么好题目了,我就掏出小本给他念两段。他没给我什么批评,只顾了笑。后来,他说寄到国内去吧。我倒还没有这个勇气;即使寄去,也得先修改一下。可是他既不告诉我哪点应当改正,我自然闻不见自己的脚臭;于是马马虎虎就寄给了郑西谛兄——并没挂号,就那么卷了一卷扔在邮局。"[29] 这段话表示他并不重视自己的"处女作"。

可是罗常培在《我与老舍》里则有另一个说法:

> ……第一部小说《老张的哲学》脱稿后,立刻寄给我和亡友白涤洲看。我又把它转给鲁迅先生。鲁迅先生的批评是地方色彩颇浓厚,但技巧尚有可以商量的地方。当时北新书局的老板李小峰很想拿它去出版,结果却被郑振铎拉到商务去了。
>
> 我本不是作家,老舍叫我审阅他的稿子未免问道于盲。记得我当时由直觉得到粗浅的印象是思想没有哲学基础,行文中加括弧解释的地方太多。后来接到他的回信。对于后一点未置可否,对前一点却说:"狄更斯又有什么哲学基础来着?"

由这段记载看出来，老舍对"老张"很重视：第一，他的稿子起码有三份副本，一份寄给郑振铎，其他两份分寄罗常培和白涤洲。第二，他们在通信之中还讨论过这个问题。

在《描写不尽的中国样貌》[30]里，老舍和日本作家武田泰淳有一段对话：

武田：在返回中国之前，这三部作品没有发表过？

老舍：老实说，处女作《老张的哲学》写成时，还以为不是小说，根本没有发表的勇气。刚巧《小说月报》杂志的主编郑振铎先生到伦敦来，他对我说："既然已经写好了一部，只管让我看看吧！"我就让他看了。郑先生看过原稿就说："这不是很好吗！"便寄到国内《小说月报》上登载。

这段记载显然和前两个说法又有出入。

在《卅年代文坛点将录》[31]里，著者说老舍把稿子寄给郑振铎之后，不受重视，积压很久，经许地山催促才登了出来。但该文没有注明出处。

一九六〇年一月号的《延河》杂志上曾登载过老舍

一篇文章,名《我怎样投稿》。因手边没有全文故无法置评。

投稿的经过原不足重视,但老舍和他的好友在文章里屡次提到这件事,而且彼此有些出入。我们就不能不怀疑:他是否记忆错误,还是故意表示不"重视"自己的作品,抑或是为行文俏皮,略掉一些事实。由此给我们一个启示,即所谓"第一手资料"也有些地方值得怀疑。

《老张的哲学》发表后,很受读者欢迎,奠定了老舍在文坛的地位,鼓励了他写《赵子曰》的勇气,开辟了他成为职业作家的路子。

注释

1 老舍:《我怎样写〈老张的哲学〉》。
2 宁恩承:《老舍在英国》。
  老舍:《老牛破车》。
  其他很多老舍写的"创作经验"的一类文章。
3 老舍:《谈读书》,载《出口成章》,北京:作家出版社,1964年版。
4 王云波:《记老舍》,载《明日文艺》。其中有一段记载了老舍在齐鲁大学所开的课程,有文学概论、近代文艺批评、小说作法、世界名著研究。
5 见《齐大月刊》第1卷第2期、第1卷第4期、第2卷第1期、第2卷第3至6期等,以及改版后的《齐大季刊》第1、2、4期。

6 老舍:《我怎样写〈老张的哲学〉》。

老舍:《青年作家应有的修养》,载《出口成章》,北京:作家出版社,1964年版。

7 老舍:《挑起新担子》,载1951年10月《新观察》第3卷第5期。

8 老舍:《语言、人物、戏剧》,载《出口成章》,北京:作家出版社,1964年版。

老舍:《我怎样写〈老张的哲学〉》。

老舍:《人物、语言及其他》,载《出口成章》,北京:作家出版社,1964年版。

其他很多老舍写的"创作经验"的一类文章。

9 老舍:《哭常培》。

老舍:《关于业余曲艺创作的几个问题》,北京:工人出版社,1956年版。

老舍:《过新年》,上海:晨光出版公司,1951年版。从抗战开始,老舍在《抗到底》《抗战文艺》《文艺阵线》《文艺战线》及其他刊物上发表过很多京剧、地方曲艺的创作和理论文章。1949年以后,这类作品更多。

10 老舍:《东方学院》,载1937年3月《西风》第7期。

11 老舍:《我怎样写〈老张的哲学〉》。

12 老舍:《英国与英国人》,载《西风》。

13 老舍:《我的几个房东》。

老舍:《毛主席给了我新的文艺生命》,载1952年5月21日《人民日报》。

14 老舍:《挑起新担子》。

15 王云波:《记老舍》。

16 老舍:《八年所得》,载1957年1月《新观察》。

17 老舍:《我怎样写〈老张的哲学〉》。

18 老舍:《小型的复活(自传之一章)》,载1938年2月1日《宇宙风》第60期。

19　老舍：《挑起新担子》。

20　混混：北京俗语"流氓"，泛指不务正业的人。

21　肚儿圆：生活过得很好。

22　白干儿：即高粱酒。

23　老舍：《小型的复活（自传之一章）》。

24　同上。

25　同上。

26　同上。

27　同上。

28　老舍：《抬头见喜》——老舍幽默诗文选。
　　其他记载老舍出席宴会的文章，如《文坛忆旧》《老舍在北京》等。

29　老舍：《我怎样写〈老张的哲学〉》。

30　武田泰淳：《描写不尽的中国样貌》，日本：中央公论。中文版由澄明翻译，载于1971年7月《明报月刊》第67期。

31　赵聪：《卅年代文坛点将录》，香港：俊人书店，1970年版。

第十一章

自从老舍发表了《老张》之后,声名大噪。当时有人批评他的这部小说不过是用北京土话"耍贫嘴",可是也有人说这才是真正能深入民间的大众文学。无论如何,《老张》引起了广大读者的注意。后来又经过鲁迅和朱自清等名人的品题,的确在当时的文学界掀起了一个不大不小的波澜。

《老张》是一九二六年七月在《小说月报》发表的,就在同一年,老舍进了当时颇有影响力的"文学研究会"。这么一来,就和名作家周作人、茅盾、孙伏园、王统照、叶绍钧等人成了"同文"和"会友"。

"文学研究会"缘起于茅盾接手编"商务"出版的《小说月报》,想改革内容,就召集了一些文学界的朋友,预备以《小说月报》作根据地,去发展"较有意义"的文学作品,以针对当时颇流行的黄、灰、黑色文学。为了便于内部联络和对外交涉[1],就成立了一个团体。

"文学研究会"于一九二〇年开始筹备,列名发起人有周作人、朱希祖、耿济之、郑振铎、瞿世英、王统照、叶绍钧、茅盾、蒋百里、孙伏园、郭绍虞和许地山。第一次筹备会公推郑振铎拟订会章。第二次筹备会决定由周作人起草"宣言"。"宣言"除在《小说月报》第十二卷第一期刊布之外,还遍登载于北京各报纸。其内容大意是"为人生而艺术的文学"。

在一九二一年一月十日正式举行了成立大会。当时登记的会员有一百七十二位,国内有名的作家,几乎都入了会。由它的通讯地址来看,"会务"是在北京和上海同时进行[2]。老舍是一九二六年参加的,会员编号是一六七号[3],那时候他身在伦敦,可能是由许地山或郑振铎代为报名。

西方或日本作家是"名"与"利"携手来,中国作家是"名"和"利"各走各的。《老张》使老舍成了名,可并没有使他"利就"。虽然如此,老舍为了他的"处女作"一出马就能轰动文坛,仍然感到很兴奋。就在"文学研究会丛书"为他出了单行本那天,请了几个好友在伦敦的中国饭店大餐一顿,以资庆祝。

头一炮打响了,老舍就接着写第二部——《赵子曰》。据他自己说:"一回吃出甜头,当然想再吃;所以这两本东西是同窝的一对小动物。"[4]

《赵子曰》和《老张》的时代背景差不多,人物则换了年轻的一代:几个主角是一群住在公寓里的大学生。他们除了读书之外,什么都来:吃、喝、嫖、赌、听戏、上落馆子、钻营、拐骗……这些"青年"嘴里总是嚷着革命,对罢课、游行、打老师最有兴趣,因为这些"革命行动"最大的好处是"不用上课"。

在北京,住公寓的学生多来自外地,他们的家长有些是乡下土财主,有些是各地的生意人或大官。单身一个人住在北京,年纪轻,没人管,行动当然很"自由"。不像本地有家的学生,即使偶尔"荒唐"一次,万一碰到家里的朋友,走漏风声,父母非打个半死不可。老舍虽然北京有家,可是为环境所迫,从十四岁起不住在家里[5]。除了学校宿舍之外,有一段很长时期住在翊教寺公寓一类的地方[6]。所以对那种地方的环境和人物都很熟习。在《赵子曰》里,有些描写过于夸张,但基本上还是相当真实的。

凡是在北京上过几年学的人,大概都遇到过"赵子曰"式的青年。记得我在高中的时候,就有不少这种同学。其中最"突出"的有两位:一位来自边疆,家有良田千顷,骡马成群,不但在乡下早已娶妻生子,而且在本地县政府里还当过一任科长。另一位在山东一个小城的绸缎庄里已经做过"二掌柜的"。他们两位:一个是江湖、豪迈;一个是谦虚、世故。共同点是不读书,抽烟、喝酒、经常地听戏、上杂耍园子,偶尔还"打个茶围"什么的。他们到北京来升学是为了"熬资格""混个出身",以备将来还乡去"唬老百姓"。

老舍在这方面刻画得相当成功。

《赵子曰》写了一年。完稿之后,老舍请他的好友宁恩承看,宁恩承笑得把盐当糖,放到茶里[7]。笑归笑,宁还是把他的原稿带到英国东纳佛克郡(East Norfolk)乡下,逐字随句推敲,写成意见书,回伦敦交给老舍[8]。修正后，老舍把《赵子曰》寄给《小说月报》。在第十八卷第三至第八期和第十至第十一期中登出。即是从一九二七年三月至八月，十月至十一月载完。单行本从一九二八年至一九四九年共出了七版。

注释

1 文学研究会的成立经过可参阅：
《小说月报》第12卷第1期。
茅盾：《关于文学研究会》，载1932年《现代》第3卷第1期。
2 "文学研究会"的通讯地址是：
周作人：北京，西直门内，八道湾十一号。
孙伏园：北京大学，新潮社。
郑振铎：北京东城，西石槽六号。
瞿世英：北京，盔甲厂，燕京大学。
沈雁冰（茅盾）：上海，宝山路，商务印刷馆编译所。(参考张静庐：《中国现代出版史料》，中华书局，1954年版。)
3 赵景深：《现代作家生年籍贯秘录》。
4 老舍：《我怎么写〈赵子曰〉》。
5 老舍：《抬头见喜》。
6 同上。
7 老舍：《我怎么写〈赵子曰〉》。
8 宁恩承：《老舍在英国》。

第十二章

《赵子曰》发表之后,老舍接着又写了《二马》。这部小说是以英国作背景,主要人物是在伦敦开古玩铺的马氏父子和留学生李子荣。

老马代表老一派的中国人,老舍这样塑造了他的性格:"他(老马)不好,也不怎么坏,他对过去的文化负责,所以自尊自傲,对将来他茫然,所以无从努力,也不想努力。他的希望是老年的舒服与有所依靠。若没有自己的子孙,世界是非常孤寂冷酷的。他背后有几千年的文化,面前只有个儿子。他不大爱思想,因为事事已有准备。这使他很可爱,也很可恨;很安详,也很无聊。"[1]

小马代表晚一辈的中国人。他有正义感,对旧势力也有反抗性,就是不知道怎么办才好。想努力做点什么,不懂方法,目标渺茫。时时被恋爱问题所困扰,想摆脱,又没决心。

李子荣是老舍理想中的正面人物。这个"理想",是以当时的"英国好国民"作为模型,再加上一些国家主义彩色[2]。

《二马》里几个英国人,据老舍自己说:"连半个人性也没写出来。"其实他书里对几个英国人刻画得相当细腻。

在文字的运用上,老舍听了白涤洲的劝告,全部以通俗的白话文去写,不像《张》《赵》中采取的"文白并用"。

《二马》差不多也写了一年,每段写完,他就念给祝仲谨听。祝是北京人,很容易听出句子和字眼是否顺当。当时指出了缺点,老舍就随写随改。完稿之后,他请郦堃厚校了一遍,然后寄给《小说月报》[3]。

《二马》从一九二九年五月至十二月连续登出:即《小说月报》的第二卷第五至第十二期。单行本到一九四九年为止,共出了八版。

写完《二马》,老舍辞去东方学院的讲席,告别伦敦。遗缺由林汉浦递补[4]。

一九二九年六月,到欧洲大陆游览:在法国、荷兰、比利时、瑞士、德国和意大利玩了三个月[5]。

在《我怎样写〈小坡的生日〉》里,他这样写道:"在巴黎,我很想把马威调过来,以巴黎为背景续成《二马》的后半。只是想了想,可是:凭着几十天的经验而动笔写像巴黎那样复杂的一个城,我没那个胆气。我希望在那里找点事作,找不到;马威只好老在逃亡吧,我既没法在巴黎久住,他还能在那里立住脚么!"

老舍和他的《二马》是否曾预备在巴黎易地发展,很值得怀疑。因为在一九六〇年,捷克作家斯拉普斯基到北京访问他的时候,老舍完全否认曾在巴黎谋职和续写《二马》[6]。由此再一次证明,老舍自述式的文章,有很多地方互相矛盾。他可能并非故意说谎,但为行文俏皮,就开了"荒腔"。

游倦离欧,在马赛港上了法国邮轮。据他自己说:当时手里的钱只够到新加坡,而且受了康拉德(Joseph Conrad)的影响,久想看看南洋,于是就坐三等舱到了新加坡[7]。

这些话很使人难以置信：老舍并非一个爱乱花钱的人，岂能在离开英国的时候不预备好回国的川资。他说坐的是三等舱，这话也靠不住，因为法国邮轮的三等舱餐厅里，是不会给客人预备菜单的。而他曾经说过为了看不懂法文菜单"吃了死猫"。

在一篇叫《猫》的文章里，他叙述了那件事的经过："记得三十年前，在一艘法国轮船上，我吃过一次猫肉。事前我并不知道是什么肉，因为不识法文，看不懂菜单。猫肉并不难吃，虽不甚香美，可也没什么怪味道。"[8]

英、法人很喜欢小动物，而且在法律上有明文保护。能把猫宰了做菜，而且公然写在菜单上，那一定是"珍品"。三等舱大概不会具备这种"异味"。老舍提到在船上还开舞会[9]。想象之中，老舍可能坐的是二等舱或头等舱。

老舍有个习惯，喜欢夸大自己的穷困。譬如在一九四九年，他准备离美回国"为人民服务"的时候，在纽约向送别的朋友备诉自己的"窘况"[10]。可是到了旧金山，他坐的却是"克利夫兰总统号"邮轮的特等舱。有一位朋友送他上船,老舍忙解释因为怕吵、身体不好,所以需要一个单人房,等等[11]。

注释

1 老舍:《我怎样写〈二马〉》。
2 同上。
3 同上。
4 宁恩承:《老舍在英国》。
5 斯拉普斯基:《论老舍》。
6 《论老舍》之注一〇七。
7 老舍:《我怎样写〈小坡的生日〉》,载《老牛破车》,上海:人间书屋,1937年版。
老舍:《一个近代最伟大的境界与人格的创造者——我最爱的作家康拉德》,载1935年《文学时代》创刊号。
8 老舍:《猫》,载1959年《新观察》第6期。
9 老舍:《习惯》,载1934年9月1日《人间世》第11期。
10 口头供给资料者第十和第十一号。
11 口头供给资料者第十二号。

第十三章

英伦五载,欧陆三月。比出国前,老舍自然对西方社会增加了些了解,也看到一部分海外华人的生活情形。他就这几年"观察所得"作背景,在离英后和去新加坡的船上,写了第四部小说:《大概如此》。

《大概如此》是以在伦敦的一对中国青年男女做主角,故事属于"爱的波折"一类东西。等他到了新加坡之后,看过当地的情况,决心把那部书放弃了,所以《大概如此》胎死腹中,始终没出版过。

在新加坡,老舍比较东西方社会,有了"新"的看法,他觉得西方工业社会的人民,生活优裕,激烈的思想是一种新奇好玩的东西,只能发展"书斋革命"。东方各民族受着各式各样的压迫,为了切身问题,虽然对于某些主义一知半解,立刻就会把革命付诸行动。老舍思想上起了变化,觉得有这么多迫切的大问题当前,《大概如此》那类恋爱小说太无聊了[1]。

老舍在海外这几年,不但在思想上起了很大的变化,还有了宗教信仰。不知道受谁的影响,也不清楚从什么时候开始,他皈依了天主。为了信教,后来和他母亲闹得很不愉快。

老舍的母亲和很多的北京老太太一样,笃信神佛。老舍自己做了天主教徒,见母亲整天烧香拜佛,认为是"迷信",看着别扭,立意想老太太"改宗"。劝说无效,就付诸行动。有一天,乘老太太午睡的时候,就把木制的佛像给劈了,连同供桌上的法器和祭品一并砸烂。老太太睡醒之后,见佛像被毁,勃然大怒,不由老舍解释,抡起拐杖就把他痛打一顿,逐出家门。

"宗教革命"失败,还落个不孝之名,势成僵局,老舍就托亲友向母亲劝解,母子讲和的条件是再去"请"一尊佛像回来——所谓"请",当然就是买。以后每天要跪在佛像前边焚香诵经,以示忏悔。老舍表面上都答应照办,但在恢复"祭坛"的时候施了一点小阴谋:原来老舍"请"回来的不是观世音菩萨,而是圣母玛利亚。可能是她们二位的扮相差不多,老太太居然没有看出来。

圣母换观音,母子都满意了。很久以后,不知道老舍是受了母亲的虔诚所感动,还是"悟"了"道",他居然自动"改宗",信了佛:拜广济寺的月宗和尚为师[2]。

在老舍的心灵中,天主的神威敌不过无边的佛法。也可以解释说,在精神方面,固有的传统文化压倒了"泰西"文明。很多的知识分子也是一样,东西文化一直在脑子里混战,可能他们嘴里说的是另外一套。

就在老舍离开欧洲的前后,中外的时局是这样:

那时候北伐大致上已经成功,但是国共分了家。

蒋介石实行清党,剿共。

共产党在南昌正式组织军队,以瑞金为根据地,和国民政府军对抗,从此国共展开了无止无休的内战。

济南发生了"五三惨案"。张作霖在皇姑屯被炸死。

苏联挑起中东路事件,中苏战争在东北展开,国民政府与苏联断绝邦交。后经英、美、法、德、日、意等国调解，举行伯力会议，战火始息。

西方资本主义世界的经济危机开始。

苏联实行清党，被史大林（Stalin）[3]屠杀和流放的有一千多万人[4]。

注释

1　老舍：《我怎样写〈小坡的生日〉》。
2　舒俊陆：《忆叔父》，载《中央日报》。
3　现今一般译为斯大林。——编注
4　阮芳华著作，台北。在雅尔塔会议时，丘吉尔问斯大林在清党时杀了多少人，斯大林亲口答道："大约不过一千万人罢了。"

第十四章

一九二九年十月,老舍到了新加坡。

他去南洋的目的,是想仿照海洋作家康拉德,写一篇"人"和"自然"斗争的小说——故事是以华侨作主角,描写他们早年如何离乡别井,飘流到海外去谋生。有些人深入蛮荒,他们没有组织,没有政府保护,也没有什么科学知识,居然能披荆斩棘,艰苦奋斗而成巨富;有些人在事业上失败了,仅以身存,苟活以度残年;有些人于挣扎中被淘汰,客死异乡。而年轻一代的华侨,反对上一代自私自利的作风,要以国家民族事为己任。他们不满现状,又受了革命思想的影响,要改造这个社会，可惜志大才疏，不知道怎么办才好，所以心情苦闷，彷徨在歧途上。老舍还想在书里加一些主题：表扬中国人刻苦耐劳的精神，也要指出中国人的种种缺点……[1]

这些只是老舍对华侨的"概念"，在着手找材料的时候，就发现事情不那么简单。如果要深入去了解华侨的情况，必须先具备下列几个条件：

一、研究当地的经济情形。

二、深入马来腹地，观察老华侨的生活，探听他们的历史。

三、学会广东话、福建话和马来话。

第一项需要很长的时间，而他无法找到适当的工作，在新马久居。第二项需要到各处旅行做调查研究，而他在一家中学做教员，困守一地，不能离开。第三项需要费很大的功夫和时间。再说学语言除了努力之外，还要靠天才。

基于以上种种困难，他放弃了写"华侨奋斗史"一类的故事。退而求其次，缩小范围，改拿当地的小孩作主角，以他所接触到的环境为背景，写一部童话式的小说，定名《小坡的生日》。

这部《小坡》是老舍到新加坡两个月之后开始写的。创作的过程相当辛苦。他上午要教书和改卷子，下午天气太热，无法工作，只能在晚饭后写一点：右手执笔，左手摇扇驱蚊。老鼠和壁虎还时常捣乱。再加上窗外的木屐声、印度人的歌声、不速之客的造访，都使他无法集中"文思"。

写作的环境差，进度自然就慢：他用了四个月的时间，只写了四万字。直到他离开新加坡，还没完稿。

《小坡》的内容并不很精彩，它既不像"童话"，也不像"成人读物"。但老舍自己却很喜欢这本小书[2]，在他给赵家璧的信里还说："……一、小坡很得文人——如冰心——的夸美。二、六万多字长，恰好出小书。三、是我得意之笔。四、能马上就印，不必等着。五、北平与济南的国语运动机关久想印它，为宣传国语的教本；'良友'能印岂不甚好。"[3]

《小坡的生日》亦是在《小说月报》发表，时间是一九三一年一月至四月，从第二十二卷第一期至第四期。单行本已经在"商务"排好，后来错版遭"一·二八"战火烧毁，改由生活书店重排付印。

抗战前，这本书由王云波推荐，改成播音稿，曾在天津广播电台对儿童广播,效果相当不错[4]。

老舍在新加坡住了半年,觉得没什么大发展,又急于想看看国内北伐后的新局面,于一九三〇年四月赋归[5]。

注释

1　老舍:《我怎样写〈小坡的生日〉》。
2　同上。
3　这是民国22年(1933年)8月28日老舍给赵家璧的信,发表于《现代作家书简》(孔另境编,上海:上海生活书店出版)。
4　王云波:《记老舍》,载《明日文艺》。
5　老舍:《我怎样写〈小坡的生日〉》。

第十五章

一九三〇年夏天,蒋介石下令讨伐冯玉祥和阎锡山,展开中原大战。老舍由新加坡回到了中国。

他先到上海,住在郑振铎家里,写完《小坡的生日》最后的两万字[1],顺手把稿子交给《小说月报》的编辑徐调孚[2],打道回北平。

家人团聚,旧友重逢。道完别情之后,老舍的母亲旧事重提,催他赶快成家。

这消息一传出去,做媒的人蜂拥而至,三姑六婆、七嘴八舌,弄得老舍苦于应付[3]。最后,由他的好友罗常培介绍,和女画家胡絜青结了婚[4],那年他三十四岁[5]。

老舍和胡絜青的结合,全凭罗常培的"媒妁之言"。他们两个"新人物"用的是"旧方法",倒是能白头偕老,没出什么大波折。

老舍对于男女问题,一生都非常小心谨慎。不像郁达夫和许钦文那样,闹过轰动社会的"桃色新闻"[6]。有关他的"罗曼史"只能蛛丝马迹地找出几桩来:

一、老舍十七岁那年,遇到了一位和他同年的姑娘,两个人一见钟情,谈起恋爱来。那时候是在"五四"之前,男女社交还不太公开,彼此见面的机会很少,只能偶尔偷偷摸摸地"幽会"。

那位姑娘大概很喜欢梅花,要不然就是名字里有个"梅"字。老舍在回忆初恋的情景时,常常提到"梅花"[7]。而且后来还写了一首"咏梅诗",倾诉相思之苦[8]。

这样拖了六七年,不知道什么原因,老舍始终不敢和女子家长提亲。最后还是罗常培自告奋勇去伐柯,但没有成功。因为那位姑娘的父亲看破红尘,当了和尚,女儿也跟着带发修行,皈依了佛门[9]。

二、老舍二十三岁那年,他母亲给他定了一门亲事,但老舍不答应,退了婚,这已经在前文里提过。

三、抗战初期,老舍单身住在重庆,胡絜青在沦陷区。谣传那时候他和女作家赵清阁有"一段情"。这只是道路传闻,找不到可靠的资料。

注释

1 老舍:《我怎样写〈小坡的生日〉》。
2 徐调孚,《小说月报》的编辑。老舍前五部书都是经他阅稿。(参考张静庐:《中国出版史料·补编》,北京:中华书局,1957年版。)
3 老舍:《婆婆话》,载《老舍选集》,香港:文学出版社,1966年版。
4 罗常培:《我与老舍》。
5 老舍:《婆婆话》。
6 郁达夫和王映霞,许钦文和陶思瑾的爱情纠纷都是当时轰动社会的大新闻。
7 据罗常培在《我与老舍》里说:老舍的中篇小说《微神》就是他自己初恋的"影子"。那本书里很多地方提到梅花。
8 罗常培:《我与老舍》。
9 同上。

第十六章

一九三〇年秋天,张学良倒向中央,冯玉祥垮台,阎锡山退回了山西老窝。中原大战结束,平津一带暂时"太平"了一阵子。

这时候老舍接到了山东齐鲁大学的聘书,请他去做教授。在他一生的事业来讲,这又算高升了一步。

那年年底,老舍带着新婚夫人胡絜青,男仆老田[1],坐津浦路,直奔济南上任。

他以前没有到过济南,但久闻其大名:千佛山、大明湖、趵突泉,名胜古迹遍地皆是。再加上"历下此亭古,济南名士多"的"有诗为证",这个文化古都应该是"人杰地灵",何况山东还是出"圣人"的地方!

老舍到了济南,一下火车,就大失所望:车站上又脏又乱,人挤人。不管男女,嘴里都是大葱味儿[2]。

他好不容易挤出车站,弄得满头大汗。喘息未定,一大群马车夫拥上来抢生意。老舍看了看:个个都是马瘦车破。他正在挑选之际,一位"御者"不由分说,就把他的行李搬上了车。

老舍一问价钱,吓了一跳——买一辆马车也用不了这么多钱。他"还"了个数儿,"赶车的"没出声,一瞪眼,把他的行李全扔到街上了。

老舍气得差点没"闭"过去!

幸好这时候有个朋友来接他,而且自备马车,他们主仆才算得救。

济南的路,除了有几条比较平宽之外,其余的大街小巷全是"千年古道":中间垫石、两旁铺土。特点是晴日扬灰,雨天和泥。而且石板起伏甚大,功能是行人跌跤,车马颠簸。

老舍坐着他朋友的车,一路上三次马失前蹄。一次他鼻子撞在车窗上,两次和他朋友来个"顶牛儿"。最后总算有惊无险,到了学校[3]。

老舍一看见齐鲁大学的校园,才转忧为喜。

"齐鲁"号称华北最大之校舍,位于济南新建门外,占地六百余亩。校园广阔,环境优美,建筑物之间,遍植花草树木。教授住宅是在密林深处,散建一幢幢的独立洋房。诗人臧克家访问老舍的时候,叹为"世外桃源"[4]。

老舍从一九三〇年到抗战前夕,除了中间一度到青岛去教书之外,一直都住在"齐鲁"的校园里。这恐怕是他一生中最好的住宅了。

在这里,他写作、研究学问、种花[5]、养猫[6]、养狗[7]、养金鱼。内有贤内助主中馈,外有老田应门洒扫。也是在这里,他的大女儿和二儿子相继出世。他称之谓"文艺副产品"[8]。

就在这个时期,宁恩承曾到"齐鲁"去看他,所得印象是:"一九三一年他带着新婚太太到济南齐鲁大学去教书。他太太也在济南一个中学教书。夫唱妇随,在济南三年中恐怕是老舍一生较好的一段时光。已结了婚,结束了三十年的光棍生活。有一固定职业,固定收入。在国内已渐有文名,而且年富力强,三十五六岁正是有为之年。一九三三年,我过济南,他夫妇到车站接我到他家吃饭。他满面春风。按照老舍的标准就算心广体胖了。"[9]

老舍自己对这一段生活也相当满意,他在"全家福"的照片上题过一首诗:

爸笑妈随女扯书,一家三口乐安居。
济南山水充名士,篮里猫球盆里鱼。[10]

老舍觉得济南美中不足的地方是:天气太热[11],市区脏乱[12],老百姓愚昧蛮横[13]。他对济南的名胜都很欣赏:他写过《大明湖之春》[14]《济南的冬天》《趵突泉的欣赏》[15]等文章来描叙那里的风景。

任何人到一个新地方都有些事情不习惯,老舍也不例外,他看见济南人吃"油炸莲花"就挺别扭。其实一个外地人看北京人喝"豆汁儿",上海人吃"洋虫",广东人吃蛇和龙虱也会吓一跳。

不过当时山东政治空气的确是很污浊。省主席是韩复榘[16],外号是"韩青天",搞得乌烟瘴气,他闹的笑话都编成了小说[17]。最荒唐的是他把假财神梁作友送到南京,弄得国民政府很多要员都要下不来台。老舍为这件事还作了一首打油诗[18]。教育厅厅长是何思源,这位法国留学生一个劲儿地提倡"武训精神",搞了好几年也没见谁去毁家兴学。

齐鲁大学背后有洋人教会撑腰,校长朱经农又是中央大员,省政府的官儿表面上还有所顾忌,不敢乱来。但暗地里却鼓动学潮,和学校捣乱。老舍也写一些文章来讽刺这件事[19]。

注释

1. 老田是老舍由北平请到济南的男仆,在其很多文章里都提到过:
《辞工》,载《老舍幽默诗文集》,上海:上海时代图书公司,1934年版。
《一天》,载1933年1月1日《论语》第8期。
《吃莲花的》,载1933年8月16日《论语》第23期。

2. 老舍:《到了济南》,载《老舍幽默诗文集》,上海:上海时代图书公司,1934年版。

3. 同上。

4. 臧克家:《济南三日》,载1938年1月1日《宇宙风》第56期。

5. 老舍对于种花的兴趣很高,他晚年曾培植出九十多种新品种的菊花,在很多文章里也以种花作题目:《吃莲花的》。
老舍:《养花》,载《福星集》,北京:北京出版社,1958年版。
老舍:《春来忆广州》,载《纯文学》第1卷第7期。
黄沙:《老舍的写作生活》,载1956年4月1日《新观察》第7期。

6. 老舍很喜欢小动物,他在济南养的猫名"球",可参考下列文章:
《一天》。
《一九三四年计划》,载《老舍幽默诗文集》,上海:上海时代图书公司,

1934年版。

《辞工》。

《痰迷新格》，载1933年10月16日《论语》第27期。

《猫》，载1959年《新观察》第6期。

7 见《吃莲花的》《狗之晨》及其他收集在《老舍幽默诗文集》里的文章。

8 老舍：《文艺副产品》，载1937年5月1日《宇宙风》第40期。

9 宁恩承：《老舍在英国》。

10 老舍：《题全家福》，载1934年9月16日《论语》第49期。

11 老舍：《〈离婚〉新序》，上海：晨光出版社，1949年版。

老舍：《我怎样写〈离婚〉》，载《老牛破车》，上海：人间书屋，1937年版。

老舍：《我怎样写〈牛天赐传〉》，载《老牛破车》，上海：人间书屋，1937年版。

老舍：《避暑》，载1934年8月1日《论语》第46期。

老舍：《暑中杂谈二则》，载1934年7月1日《论语》第44期。

12 老舍：《到了济南》。

老舍：《一天》。

13 老舍：《国难中的重阳》，载《老舍幽默诗文集》，上海：上海时代图书公司，1934年版。

14 老舍：《大明湖之春》，载1937年3月6日《宇宙风》第37期。

15 老舍：《济南的冬天》《趵突泉的欣赏》，载《老舍选集》。

16 韩复榘，原为西北军冯玉祥的部下，后倒冯投蒋，任山东省主席，喜欢亲自审案，笑话百出。抗日战争初期，以违犯军令被枪决。

17 耿晓提：《如此青天》，上海：元昌印书馆，1937年版。

18 老舍：《救国难歌》，载1931年12月1日《论语》第6期。

19 据传齐鲁大学和山东大学的学潮都是省政府鼓动的。可参考民国18年（1929年）11月28日之《中央日报》和冯夷著的《混着血丝的记忆》。

老舍：《杀狗》，载《火车集》，上海：上海杂志公司，1939年版。

第十七章

齐鲁大学的历史相当悠久。

同治三年（一八六四年），美国长老会教士狄考文（Calvin Wilson Mateer）在山东登州创立"广文会馆"。同治五年，英国浸礼会在山东青州设立"广文书院"。

后来两校合并，改名"广文学堂"，迁到山东潍县。

民国六年（一九一七年），再和"济南医学院""青州神学院"合并，定名"齐鲁大学"，校址集中在山东省会济南市。医学院和附属医院在新建门内。文理学院在新建门外，老舍就在那里授课。

民国二十年底，"齐鲁"正式向北伐后的国民政府立案，成为教育部所承认之私立大学[1]。

"齐鲁"是美国教会所办的大学，经费足，待遇高，不拖欠[2]，所以老舍那时候的生活很安定。他除了薪水之外，还有稿费收入。战前他每千字可以拿到八至十元[3]，每月平均写十几万字。加在一起，就相当可观了。

老舍在文学院做教授，当时院长是林济青，校长是朱经农。朱氏早年留学日本，参加过辛亥革命，是中国公学的发起人之一。民国成立，又到美国去进修，得到了教育学硕士。回国之后做过各式各样的教育官。他和王云五关系很深，一度出任商务印书馆的编译所所长[4]。老舍的前几部小说都是在编译所主持的《小说月报》上发表的，他到"齐鲁"去教书，很可能是由于这一层关系。

老舍在"齐鲁"所开的课程有："文学概论""近代文艺批评""小说作法""世界名著研究"[5]。这虽然是他第一次到大学教书，但由于他口才好，又不"怯场"，一"开锣"，就得了个"碰头好儿"。他的课非常"叫座"，时常有外系的学生来听。

老舍自幼爱听相声、评书和京戏，懂得什么是"哏"，哪里是"扣子"，什么地方"有彩"。他用"曲艺法"传授学问，深得"深入浅出"的效果。

有一次，教育部派人来视察，老舍正在讲课，这位特派员听入了神，竟坐在教室后边，和学生们一起上了一堂课[6]。

由于他的"幽默"，学校里无论什么集会，都请他上台讲笑话。济南市的各学校团体也经常邀他去演讲。有时候外埠还有函电来敦请他去"出堂会"。假如外国学者到"齐鲁"来讲演，也是由他做翻译，因为洋文经他一翻，便妙趣横生。甚至于有一次，齐鲁的教会请他"客串讲道"，消息一传出去，教徒和非教徒都来了，把礼拜堂挤得水泄不通，好像"赶庙会"似的[7]。

大家请老舍去讲话，一半是仰慕他的"文名"，一半亦有"消遣"和"余兴"的心理。他开始还有一点"明星感"，后会渐渐感觉到厌烦，在一篇叫《科学救命》的文章里，就大诉其苦。

老舍"能说会道"，又喜欢交朋友，因此就和冯玉祥拉上关系，也决定了他以后的政治立场，事情经过是这样的：

那时候冯玉祥垮了台，躲在泰山，名为隐居，实是暗中伺机再起。他闲着无聊，就请很多学者教授到他那里去"讲学"。这位"倒戈将军"一方面借此自修,以补幼年失学的缺憾,一方面在文化界做点"群众工作",以备将来复出的张本。老舍当时也是被请的学者之一。他和"基督将军"见面之后,谈得很投机。这一文一武,从此就交上了朋友。抗战初期,老舍逃难到了武汉,就正式进了冯玉祥的幕府。到重庆后,也成了歌乐山冯公馆的常客,据说冯氏所著的《我的生活》就是经老舍和吴组缃的润色。

冯玉祥和蒋介石虽是换帖的盟兄弟,可是一直不和。老舍也就跟着冯成了"温和"的"反对派"。老舍由抗战开始,到一九五〇年为止,始终和"左、右"两派不即不离。在重庆"文协"的时候,他既是周扬、郭沫若的朋友,跟张道藩和邵力子(时为国民党的中宣部长)的交情也不错。这固然是由于他"北京髐人"的处世哲学——谁也不得罪,但和冯玉祥太接近也是主要的原因之一。

也因为他喜欢"耍滑稽",以致后来丢了"齐鲁"的教职:起因是在一九三四年夏天,有一天他正在上课,谈到了民间曲艺,越讲越起劲,为了举例,他爬登桌子上表演了段"大鼓",正巧这时候洋校长(朱经农已离职）经过窗外，看见之后，大吃一惊，认为这种"杂技式的教授法"太不成体统，事后对他"提了意见"。老舍也觉得这件事很难为情，就递了辞呈。

老舍虽然好（读第四声）"耍滑稽"，可是教书倒很认真。讲义都事先准备好，时时加进一些新材料，不像有很多教授，每学期都"温故而支薪"。他每次上堂一定点名，不向学生"买好"，规定每个学生必须专心听课；如果有人在堂上睡觉或者做别的事情，他马上提出警告。有些慕名来听讲的外系学生，一经他发现，立刻命令他们去教务处去领旁听证，不许打"马虎眼"[8]。

老舍除了教书之外，还兼编《齐大月刊》（后改成季刊）。他第一篇短篇小说《九五》就是登在《月刊》上的。另外他还为《月刊》翻译了些文学理论的文章，像《文学中理智的价值》《文艺中道德的价值》《文学与作家》等等[9]。

注释

1　齐鲁大学立案之经过见民国18年（1929年）11月28日之《中央日报》。
2　战前国内之公私大学欠薪的情况很普遍。
3　老舍：《怎样维持作家们的生活》，载1940年3月5日《杂志》。（原载

1940年2月24日新加坡《星洲日报》"晨星"副刊。——编注）
4　王云五：《我所认识的朱经农先生》，载《谈往事》，台北：传记文学出版社，1965年版。
5　王云波：《记老舍》。
6　同上。
7　同上。
8　同上。
9　见《齐大季刊》第一、二、四期。

第十八章

从一九三一年到一九三七年,是老舍一生创作最旺盛的时期。那六年里,他一共发表了一百五十多篇文章,包括长篇小说、短篇小说、散文、创作理论、报导、诗、数来宝[1]等。当时影响他写作情绪有三个最重要的因素:时局、文艺思潮、生活环境。

甲、时局

从老舍到济南教书起,到抗战开始,是中国政局的大动荡时期。那时候,国共已经由战友变成了仇敌。国民党开府南京,表面上统一了全国[2],对中共展开了围剿。中共则在湘、赣、闽等地建立了根据地,和国民党政府的军队对抗。

日本军国主义者早就处心积虑想征服中国。那时候眼见中国有统一的希望,就提早发动了侵华战争。国民党政府忙着剿共,对日本处处让步、忍辱妥协,实行"先安内后攘外"的政策。但委曲并不能求全,日本终于掀起了"卢沟桥事变",而中国也展开了全面抗战。

为了进一步了解当时的情况,现在把一些重要的局势变化列出。

一九三一年:

蒋介石囚禁胡汉民于汤山。

陈济棠据广东,李宗仁、白崇禧据广西。"两广"在粤另成立了"国民政府",和南京的"国民政府"相对抗。

南京国民政府公布训政时期约法。

蒋介石就任国民政府主席,对湘、鄂、闽、赣等地的中共区继续围剿。

日本关东军偷袭北大营,造成"九一八"事件,掀起侵华战争。东北义勇军奋起抗日。

中共召开"瑞金会议",毛泽东就任"中国工农政府"主席,朱德任红军总司令。

各地学生赴南京请愿,要求抗日。

黄河、长江大水灾。

一九三二年:

日军攻上海,造成"一·二八"事变。十九路军抗日。

伪"满洲国"成立。

"国联"调查团来华。

义勇军领袖马占山、苏炳文等退入苏联。

四川大小军阀混战。

国共继续内战,日军攻山海关。

一九三三年:

热河省主席汤玉麟弃城逃走,日军侵华北。

日本退出"国联"。

中日签《塘沽协定》。

在日军嗾使下,德王组伪"蒙古自治政府"。

陈铭枢、李济深、蒋光鼐等在福建成立"人民政府",和南京国民政府相对抗。国军对共军进行第五次围剿。

一九三四年：

废帝溥仪任伪"满洲国"傀儡"皇帝"。

蒋介石提倡"新生活运动"。

国军攻陷中共"中央苏区"，红军突围，开始"二万五千里长征"。

一九三五年：

中共举行"遵义会议"，远走陕北，建立根据地，长征结束。

在日军卵翼下，汉奸殷汝耕组织伪"冀东自治政府"，作为走私和贩毒的大本营。

"一二·九"学生运动。

一九三六年：

苏联趁火打劫，单独和蒙古签订《互助协定》，国民政府向苏联提出了抗议。

西安事变，张学良扣留蒋介石。

中共对国民政府发出"停战议和"通电。周恩来代表中共，潘汉年代表共产国际，同赴上海和国民党代表张群谈判，国共又开始合作。

一九三七年：

"七七事变"，日军侵华北。

"八一三事变",日军再侵上海。

中苏签订《互不侵犯条约》。但是后来到一九四一年四月,正在中国抗日最艰苦的阶段,苏联竟和日本签订《苏日中立协定》。日本承认了苏联制造的"蒙古人民共和国",而苏联也承认了伪"满洲国"。

国共合作后,朱德任国民政府第八路军总指挥,彭德怀任副指挥。

庐山会议,全国各党各派共商救亡之道,展开全面抗战。

总结下来,那六年里,日军节节进逼,国共内战不已,国民党频闹内讧,地方势力和军阀残余争雄割据,长江、黄河接连地泛滥成灾。中国正处于内忧外患的狂澜巨浪之中。

另一方面,在风雨飘摇之际,"天灾人祸"没有波及的地区,都市里的工商业渐趋繁荣,农村稻谷丰收,一部分的老百姓生活相当安定。当时的国民党是靠中产者支持的,政府虽不算十分"廉能",但还能维持小康的局面。

全面抗战一开始,农村破产,中产者变成赤贫,工商业变成官僚资本;再加上军事上的失利,政治经济就开始恶化了。所幸有"抗战"这个大题目的精神力量来维系,才能渡过几个难关,一直到胜利[3]。

老舍是知识分子,又是个爱国心极重的人,他当时对"国事"的见解如何,我们无法测知,但从他的文章里,可以看出很多"忧国""忧时"的情绪。

乙、文艺思潮

自从国共分了家,"左、右"派的文化人也展开了斗争。特别是上海,虽然属于国民政府"治下",但左派文化人托庇于外国租界,自然相当活跃。尤其是在文艺界,左、中、右各派出现了"争鸣齐放"的场面。

当时主要的文学团体有:

左联:由鲁迅、茅盾、郁达夫、沈端先、钱杏邨、冯雪峰、丁玲、蒋光慈、田汉等发起。于一九三〇年三月成立,定名为"中国左翼作家联盟"。其所属之机关刊物有《萌芽》《拓荒者》《北斗》《巴尔底山》《文学导报》《文学》《文艺新闻》等。当时,真称得起的是"声势浩大、阵容坚强",也像鲁迅所形容的"有些横暴"。

林系刊物:林语堂于一九三一年九月创办《论语》

半月刊，提倡幽默；又在一九三四年四月办《人间世》，专刊小品文；再于一九三五年九月办《宇宙风》，多载杂感。经常给这三个刊物写稿的有周作人、老舍、老向、何容、姚颖、大华烈士、黄嘉音、徐訏等。"林系"的旁支刊物有《西风》《逸经》《谈风》《文饭小品》。同类型的有《太白》《芒种》《越风》《天地人》《西北风》《中流》及《自由谈》。"林系"虽不是什么"团体"，但在当时文坛上是很有影响力的"派别"。

民族主义文艺：是接近国民党的一部分右倾文人所提出的口号。以黄震遐、王平陵、万国安等人为主将。于一九三〇年创办《前锋月刊》，标榜民族主义，和"左联"打对台。

黄震遐写了一篇报导性的文章，叫《陇海线上》，是描写"蒋冯之战"的。被鲁迅写文章骂了一顿。后来万国安又写了《国门之战》，是以一九二九年十月苏联侵华的"中东路战争"为背景，被"左联"认为是"反苏"，群起"围剿"。民族主义派败下阵来，从此就一蹶不振了。

王平陵在南京又创办《文艺月刊》，虽然右倾，但门户之见倒不怎么深，写稿的人有沈从文、陈梦家、巴金、李青崖和鲁彦等。

中间派：有自称"自由人"的胡秋原，自称"第三种人"的苏汶，"现代"派的施蛰存。

胡秋原既对右派民族主义开炮，又和左派争辩"真假马克思主义观点"。两面作战，渐感不支。苏汶本想出马调停，结果也参战。

新月派：主要人物是老"新月派"的健将梁实秋、胡适、罗隆基等人。他们提倡人性，根本不承认有"革命文学"这回事。

梁实秋写了一篇《文学与革命》，和"左联"起了正面的冲突，遭到围攻。

复古派：以汪懋祖、许梦因为主，提倡文言，反对白话。像"残渣的泛起"，刚一出现，就沉了下去。

以上只是简单地介绍几个重要的文学派别，实际情况要复杂多了。国共分裂以后，国民党实行"清党"，并且从一九三〇年起，一连串颁布很多"书刊审查条例"。左派文人转入"地下"。中共的"白区党组"力量很薄弱，自身难保，更谈不上领导文艺界了。除了少数的中共党员作家，大部分左派文人都是独立性很强的。

文艺界的笔战倒不像疆场上枪战那么壁垒分明：左派之中有很多人自称是真正的社会主义者，攻击对方是"冒牌货"，另外还有国际派、托派、土共派等等。有些独立的"普罗文学"作家和中共的党员作家也时起冲突。比如说，鲁迅是"左联"的精神领袖，他写文章做人都是"独行特立"的，不愿意受任何方面操纵。而中共派在上海的周扬，俨然以"领导"自居，要垄断一切，这么一来，就惹火了鲁迅。两方面始则"暗斗"，继之"明争"。后来周扬竟不征求鲁迅同意，擅自解散"左联"，并提出"国防文学"的口号。鲁迅马上另树一帜，主张"民族革命战争大众文学"，与周对抗。

右派方面，除了民族主义派是官方的代言人之外，其他的人多数是独立的。国民党捕杀了柔石、胡也频等左派文人，但也刺死了右派的杨杏佛和史量才。鲁迅和林语堂分属左右派，时打笔仗，但同时都是"民权保障同盟"的执行委员。到一九三三年，鲁迅仍然是大学院（即后来的教育部）的特任者，还是国民政府的公务员呢！胡适之一向和左派水火不容，但他写了《知难行亦不易》和《新文化运动与国民党》，就受到官方的警告。

总之,那时期文艺界的情形,不是三言两语能说得清楚的。特点是五花八门,各树一帜,争鸣齐放,各显奇能。这就是所谓"三十年代文艺"。不管后人对"三十年代"的评价如何,谁都不能不承认,那是"现代中国文学史"上一个重要的阶段[4]。

各宗各派的背景复杂,老舍虽是当时的名作家之一,也未必能明白其中的真相。同时,那时候文艺界的主流在上海南京一带,其次是平津。老舍远在济南,虽然由通信、看报刊,或从朋友口述知道一些文坛上热闹的场面,但究竟是"局外人"。还有,老舍是"北京骸人",以不得罪人为原则,当然不会参加各路英雄的笔战,始终保持"散淡的人"的立场。

正因为他不属于任何派系,也就成了各方面争取的对象。他又是当时"叫座儿"的作家之一,各杂志的编辑就纷纷向他拉稿。那时期他发表文章的刊物有《小说月报》《东方杂志》《国闻周报》《文学》《论语》《现代》《宇宙风》《文学季刊》《人间世》《太白》《文学月刊》《文艺月刊》《西风》《矛盾》《新文学》《水星》《中流》《文学评论》《新小说》《读书杂志》《国文杂志》《文学时代》等。

老舍没有什么立场，所以左、中、右的刊物都载他的文章。那时期他的作品没有什么固定的"主题"，风格和技巧也不统一，有时候根据刊物的性质，决定文章的形式。譬如，他给《现代》写的《猫城记》，就是有点"现代"味道的"幻想小说"。他在《论语》上的文章就属于幽默讽刺的一类。而"创作理论"的文章就交给《文学评论》或《国文杂志》去发表。

有一点是肯定的，老舍虽没有参加当时的文艺论战，但"三十年代的文艺思潮"对他的影响都很大，这可以从他的一些作品看得出来。

丙、生活环境

前边提过，老舍到济南之后，收入好，生活安定。他和胡絜青夫唱妇随：先生当大学教授，太太做中学教员。一九三四年之后，生了小孩，更是全家其乐融融。那时候虽然是国难当头，可是他们住在美国教会庇护下的"齐鲁"校园里，就像是遍地烽火中的一个小花园，与世隔绝。由于生活环境的优裕，他写了很多表现身边琐事的小品文、游记、忆旧式的散文。

他相当佩服周作人"炉火纯青"的文章风格[5],也很喜欢沈从文的作品[6],而他自己写的"闲适"性的文章也的确很出色。

注释

1 数来宝:北方曲艺的一种,原为乞丐的一种"溜口辙",常常随机应变,临时编词。

2 实际上东北、华北、两广、云南、四川、西北、新疆、康藏等地都是各自为政。除了都挂青天白日旗之外,国民政府的力量都达不到那些地区。

3 当时中国的局势,可参考:
军大总校政治部编:《中国近代政治简史》,台湾:中南新华书店,1950年版。
王芝九、宋国柱:《中学历史教师手册》,上海:上海教育出版社。
王实、王翘、马奇兵、章凌编:《中国共产党历史简编》,上海:上海人民出版社,1958年版。
"国防部史政局":《中日战争史略》,台湾:中正书局,1968年版。
还有很多有关中国近代史的参考书刊,为节省篇幅,不列名。

4 有关三十年代文艺情形,可参考:
张静庐:《中国现代出版史料》,台湾:中华书局,1954年版。
《中国现代文学参考资料》,北京:高等教育出版社,1959年版。
王瑶:《中国新文学史稿》,上海:新文艺出版社,1954年版。
丁易:《中国现代文学史略》,北京:作家出版社,1957年版。
刘绶松:《中国新文学史初稿》,北京:作家出版社,1958年版。
复旦大学中文系:《中国现代文学史》,上海:上海文艺出版社。
蔡仪:《中国新文学史讲话》,上海:新文艺出版社,1952年版。
李何林:《中国新文学史研究》,北京:新建设杂志社,1951年版。

李何林:《关于中国现代文学》,上海:新文艺出版社,1956年版。
　　林淙:《现阶段的文学论战》,上海:文艺科学研究会,1936年版。
　　刘心皇:《现代中国文学史话》,台北:正中书局,1971年版。
　　曹聚仁:《鲁迅评传》,香港:新文化出版社,1961年版。
　　赵聪:《卅年代文坛点将录》,香港:俊人书店,1970年版。
　　苏汶:《文艺自由论辩集》,上海:现代书局,1933年版。
　　曹聚仁:《文坛五十年》,上海:新文化出版社,1955年版。
　　霍衣仙:《最近二十年中国文学史纲》,上海:北新书局,1936年版。
　　李何林:《近二十年中国文艺思潮论》,上海:生活书店,1947年版。
　　孙如陵:《三十年代文艺论丛》,台北:"中央日报社",1966年版。
　　李辉英:《中国现代文学史》,香港:东亚书局,1970年版。
　　王士菁:《鲁迅传》,北京:中国青年出版社,1962年版。
　　赵聪:《五四文坛点滴》,香港:友联出版社,1973年版。
5　老舍:《老牛破车》。
6　1935年1月5日《人间世》第2期。

第十九章

从北伐后到抗战前,全国文艺性的刊物突然增加了很多。因为"供求"的需要,老舍就"大力增产"。"量"一多,"质"的方面难免就差了。他说:"因为新起的刊物多了,大家都要稿子,短篇自然方便一些……可是还有些是一挥而就,乱七八糟的,因为真没有功夫修改。报酬少[1]、少写不如多写;怕得罪朋友,有时就得硬挤;这两桩决定了我的——也许还有别人——少而好不如多而坏的大批发卖。"[2]

由零售精品到批发"行货"[3],老舍有很多不得已的苦衷:碍于情面、应酬朋友和增加收入;往往在

"半情愿"和"半被迫"的情况下,写了很多"敷衍差事"的文章。他说:"自己觉得很对不起文艺,可是钱和朋友也是不可得罪的。有一次,王平陵兄跟我要一篇东西,我随写随放弃,一共写了三万多字而始终没能成篇。为怕他不信,我把那些零块都给他寄去了。"[4]

老舍是写长篇小说出身,后来改写短篇,也是为了应付各杂志编辑。他说:"自从沪战后[5],刊物增多,多处找我写文章;既蒙赏脸,怎好不捧场?同时写几个长篇,自然是做不到的,于是由靠背戏改唱短打[6]。这么一来,快信便接的更多[7]:'既然肯写短篇了,还有什么说的?写吧,伙计!三天还赶不出五千字来?少点也行啊!无论怎么说吧,赶一篇,要快!'话说的很'自己',我也就不好意思,于是天昏地暗,胡扯一番:明知写的不成东西,还没法不硬着头皮干。"[8]这些话倒不是老舍自谦,有几篇文章的确是短小而不精干,一看就知道是"赶"出来的文章。他的第一部短篇小说集叫《赶集》,也就是这个意思。

那时候,他的作品"量多而质杂",还有一个重要的因素——时间无法安排。老舍到济南后,生活固然很安定,但先决条件是要教书。而教书是既费精力又耗时间的事情——尤其他是个"新入行"的教授。

老舍教书很认真，永远是把授课的材料准备充足，讲义编好，然后到教室对学生朗读，再逐段讲解。无论是在"齐鲁"或青岛的山东大学，时常见他和同学们一起在图书馆阅读、编讲义。有一次同学问他："最近写什么小说？"他回答："没有时间啊！"同学又问："你每天才教一小时，不是很空吗？"他说："可是，我得预备讲义呀！这么一来，一整天就完了。"[9]

教书是为"稻粱谋"，单靠写作无法维持一家老小的生活。他说："设若我要是不教书，或者这些篇还不至于这么糟，至少在文字上。可是我得教书，白天的功夫都花费在学校里，只能在晚间胡扯；扯到哪儿算哪儿，没办法！"[10] 他在给王云波的信里也说："狗急跳墙，没办法，只能以短篇杂文来应付。"[11]

教书和写作在时间上起了冲突，以至生活秩序大乱。老舍着了急："创作这个准备就是最伟大的一个字——'饭'。常常听见人家喊：没有伟大的作品啊！每次听见这个呼声，我就想到这样呼喊的人的心中，写家大概是只喝点露水的什么小生物吧？我知道自己没有多么高的才力，这一世恐怕没有写出伟大作品的希望了。但是我相信,给我时间与饭,我确能写出较好的东西,不信,咱们就试一试。"[12]

若是"教授"和"作家"之间,由老舍自由选择的话,他曾肯定地说:"我最不愿意当教授,当教授是最没出息的。我每天要预备些演讲材料,要上学校去,这时间花得太多了。不当教授,我可以把所有的时间都花在写作方面去,当教授就破坏了一切计划,写长篇小说不行,写短篇小说,不能找到好材而只好马虎了事,这样有什么好贡献出来?我昨天写了十多页,今天统统送到纸篓里了。此处各杂志上写的散文也是在百忙之中草草应付的。"[13] 关于应付杂志编辑,他曾坦白地说过:"朋友们索稿十万火急,短篇小说就非写不可;不是因为容易写。而是因为可以少写些字,早些交卷。"[14] 后来他甚至于把教书的讲义寄去发表,像《老牛破车》《怎样读小说》[15]和《AB与C》[16]就是这么来的。

老舍对"粉笔"生涯越来越厌倦。在一九三三年春天,他得了腰病[17],仍然要一边教书一边写作。到一九三四年,他许了个心愿:"希望能在暑后不再教书,专心写文章,这个是不容易实现的。自己的负担太重,而写文章的收入又太薄;我是不能不管老母的,虽然知道创作的要紧。假如这能实现,我愿意到南方去住些日子;杭州就不错,那里也有朋友。"[18]

他为了这个心愿:一九三四年暑假辞掉"齐鲁"的教职,八月中到了南方;在上海、杭州、南京玩了一阵子,同游的有他的好友白涤洲和齐铁恨[19]。在上海,老舍看见了文坛的盛况,但经过"深入调查",卖文还是无法糊口,终于接受了青岛大学的聘请,重操粉笔生涯[20]。一直到一九三六年秋天,时局越来越紧张了,老舍再辞青岛大学的教职,才正式成为职业作家。可是生活情况则大不如前了[21]。

在青岛大学,老舍仍然不能教书和写作兼顾,有一次王统照和臧克家找他聊天,大家谈到写作计划,老舍说他曾想写一部二百万字的长篇,但因为时间无法安排,迟迟没有动笔[22]。就是在他摆脱一切教职之后,依然为各杂志编辑逼稿所困,无法写自己理想的文章。这情形一直延续到抗战之后,他实在忍无可忍,才决心拒绝各杂志的索稿,在《宇宙风》上登了个声明,题目叫《磕头了》[23]。他说:

朋友们索要稿子,给我很大的痛苦。我的心愿意"有求必应",我的脑子可是必须"力求节约"。头昏与头晕,在这五年来,时常的使我不得不放下笔。我不甘心放下笔。可是脑子既抛锚,手里紧握着笔又有什么用呢?这本身就是苦痛,我是高兴写文章的人。再加上朋友们的力索供稿,我的苦痛便加了倍数。

在抗战中,我写了许多不像样子的东西。所以,去年我决定写一部相当大的长篇小说,以赎粗制滥造之罪。这篇小说须有一百万字,预计需两年写成。但是,去年只写了三十万字,因为头晕与头昏时时跟我裹乱。今年,更好了。一入春便头晕,半年中倒停笔了两个多月。照这样下去,今年至多大概只能写三十万字;而百万字非三年多写不成了!

朋友们,帮帮我的忙吧,别再向我索要小文!我一天,在头不晕的时候,只能写几百字或千余字。一篇小文便须占去一两天的工夫,假若"有求必应",那个长篇便永无交卷之期矣。我并不敢说那个长篇将是怎样了不得的东西,不过我既已写了三四十万字,实在不情愿半途而废。几位医生都嘱告过我,须停止工作,休息半年或八个月,以免病痛越拖越深。可是,我不能遵命，因为停止工作，也就没有了收入，怎样活下去呢？我知道这样拖着病，三天打鱼二天晒网的写长篇，必定写不好，但是，我也知道，假如放弃了它，我必会因失望与闷苦而想自杀。尽管写的不好，能写完总比半途而废强呀！朋友们，让我在病痛的煎熬中写完那个要不得的长篇吧！一个要不得的长篇，在我看，总比东一下子西一下子的乱写短文更有点意思哟！在这里，我向肯帮忙我的朋友磕头致谢！

这段话说出了他的困扰，道出了他的辛酸。我想很多中国作家都有同样苦痛。

教书和写作很难"交叉作业"，鲁迅给许广平的信里提到："做文章呢？还是教书？因为这两件事，是势不两立的：作文要热情，教书要冷静。兼做两面时，倘不认真，便两面都油滑浅薄，倘若都认真，则一时使热血沸腾，一时使心平气和，精神不胜困惫，结果也还是两面不讨好。"[24] 老舍在那段时期也有同样的感受。

注释

1　那时候老舍的稿费是从三元到八元一千字。可参考：

《我怎样写短篇小说》，载《老牛破车》，上海：人间书屋，1937年版。

《怎样维持写家们的生活》。

《三谈林语堂系的刊物》，载《现代中国文学史话》。

2　老舍：《我怎样写短篇小说》。

3　行货：北京俗语，即店中品质不高而大批发卖的货物。

4　老舍：《我怎样写短篇小说》。

5　沪战是指"一·二八"日军入侵上海的战争。

6　京剧术语：

　　靠背戏即剧中着盔甲的角色，如赵云、张飞等。

　　短打即剧中着短衣之武角，如武松、黄天霸等。

7　因老舍在山东，各杂志大多数都在京沪、平津一带，编辑们需通信约稿。

8　老舍：《〈赶集〉序》，上海：良友图书公司，1934年版。

9　王云波：《记老舍》。

10　老舍：《〈赶集〉序》。

11　王云波：《记老舍》。

12　老舍：《我怎样写短篇小说》。

13　中生：《记老舍先生》，载1938年7月1日《宇宙风》第70期。

14　老舍：《〈微神集〉序》，上海：晨光出版社，1947年版。

15　老舍：《怎样读小说》，载1943年3月《国文杂志》第1卷第4期。

16　老舍：《AB与C》，载1937年2月《文学》第8卷第2号。

17　老舍：《一九三四年计划》。

18　同上。

19　老舍：《哭白涤洲》，载1934年12月《人间世》第17期。

20　王云波：《记老舍》。

21　老舍：《文艺副产品》，载1937年5月《宇宙风》第40期。

22　臧克家：《自己的写照》，上海：文学出版社，1936年版。

23　老舍：《磕头了》，载《宇宙风》第141期。

24　鲁迅：《两地书》。

第二十章

现在先把老舍那个时期的作品简单地介绍一下，以后再做详细的分析。

（一）长篇小说

《大明湖》——这是老舍到济南之后写的第一部小说。故事以"济南惨案"作背景，叙述几个贫苦男女在乱世中悲惨的遭遇。这里没有讽刺和幽默，只有残酷的事实[1]。

《大明湖》完稿之后，他请"齐鲁"的同事张西山校了一遍，寄给《小说月报》，没等排好版，

"一·二八"沪战爆发,商务印书馆中了炮,原稿焚毁。所以这篇小说只有郑振铎和徐调孚看过,始终没和读者见面[2]。

后来他又写了一个"中篇",叫《月牙儿》,是采取了《大明湖》中的一个片段[3]。

《猫城记》——沪战后,《小说月报》停刊。《现代》杂志的主编施蛰存向老舍邀稿,他用"科学幻想式"的方法写了《猫城记》。故事是以"第一身"的方式描述火星上的"猫人"。据他自己说,写这篇小说的动机是对"国事"的失望,隐喻当时政府和社会的"落后性",以及中国人的一些缺点[4]。

《猫城记》的技巧和主题都不很高明。经过这次失败,他再也不敢尝试这一类的写作方式了。

《猫城记》先在《现代》的第一卷第四期至第六期到第二卷第一期至第六期发表(一九三二年八月至一九三三年四月)。不算盗印版,到一九四九年为止,共出了七版单行本。

英译本有:

City of Cats, James E.Dew, Occasional Papers,3.

Centre for Chinese Studies, The University of Michigan, 1964.

（译者那时候在密歇根大学读研究院，这个节译本是他的硕士论文。）

Cat Country, William Lyell Jr., Ohio State University Press,1970.

另外有俄译本[5]、日译本[6]及其他文字译本多种。

主要的评论文章有：

《猫城记》，李长之，《国闻周报》，一九三四年一月一日。

《猫城记》，王淑明，《现代》，一九三四年一月一日。

On Lau Shaw's "City of Cat People", Revolutionary Group of Peking Normal College, *Chinese Literature*, No.41970.

这篇评论载于英文的《中国文学》，执笔者是"北京师范学院革命小组"，文中对老舍大肆攻击，罪名有"英美帝国主义忠仆""蒋介石集团""刘少奇、彭真、周扬同党""一向反共、反人民""侮辱中国人民"……在"编者按"里有："社会帝国主义者（指苏联）招其无耻之魂（时老舍已故）并翻译他的《猫城记》。"[7]

老舍在《我怎样写〈猫城记〉》里，承认那是一部失败的作品。

一九五一年重印《离婚》时，他在"序言"上表示对于《猫城记》不满意，声明以后绝不再版。

一九五二年，为纪念毛泽东"在延安文艺座谈会上的讲话"发表十周年，老舍写过一篇文章，其中提到了《猫城记》是一篇有错误的东西[8]。

《离婚》——由于《猫城记》的失败，老舍不敢再出"怪招儿"，又恢复了他最擅长的技巧——幽默，以他最熟悉的地方——北京做背景，写了《离婚》。

故事是以在衙门里混事由儿的小人物做主角，描写他们的生活琐事，笔法细腻，结构严谨，除了结尾部分略微潦草了一点之外，算是一篇相当完整的作品。

老舍坦白地表示："在下笔之前，我已有了整个的计划。写起来又能一气到底，没有间断，我的眼睛始终没离开我的手，当然写出来能够整齐一致，不至于大嘟噜小块的。匀净是《离婚》的好处，假如没有别的好说的。"[9]

他在给赵家璧的信里说:"我要拿它——《离婚》——恢复《猫城记》所丢的名誉,非详加改正后不出手。……《离婚》比《猫城记》强得多,紧练处非《二马》所及。"[10]

《离婚》的创作动机是这样:老舍的《猫城记》在《现代》杂志连载后,言明由良友公司出单行本。后来现代书局又说有印行《猫城记》的优先权。老舍为了不使"良友"落空,用七十天的工夫,赶出了《离婚》。[11]

他在一九三三年初开始构思,暑假前动手,到七月十五日完稿。创作过程相当辛苦,那年济南酷热,老舍每天早晨七点开写,九点停笔,平均日写两千字,从不间断。在"序"里说:"在济南热死许多人的那一个夏天,我,头缠湿巾,腕垫吸墨纸,以阻热汗流入眼中,湿透稿纸,跟酷热与小说拼了命。"

老舍对《离婚》相当满意,在一九六〇年,捷克作家斯拉普斯基访问他的时候,他表示《离婚》是他最喜欢的作品之一。

《骆驼祥子》和《离婚》是老舍作品之中,翻译成最多种文字的两本书。也是一九四九年后准许重印的两本书。

于一九三三年八月,由"良友"出了单行本。到了一九五三年为止,不算盗印版共出了八版。

英文翻译本有:

The Quest for Love of Lao Lee, Helena Kuo, Reynal & Hitchcock, New York,1948.

译者郭镜秋女士,即名水彩画家曾景文之夫人。郭女士毕业于金陵女子大学,抗战时即在各杂志发表文章,后赴美国定居。

关于《离婚》译成英文的经过,有几个说法颇有出入。在"新序"里,老舍说:"到美国之后,出版英译《骆驼祥子》的书店主人(Reynal & Hitchcock)问我还有什么著作,值得翻译。我笑而不答,年近五十,我还没学会为自己大吹大擂。后来,他得到一部《老张的哲学》的译稿,征取我的意见。我摇了头,译稿退回。后来,有人向书局推荐《离婚》,而且《骆驼祥子》的译者(Evan King)愿意'老将出马'。我点了头。现在,他正在华盛顿做这个工作。几时能译完,出书,和出书后有无销路,我都不知道。"下面注明是一九四七年五月纽约。由这一段文字来看,老舍是同意了 Evan King 的翻译。

一九五〇年，老舍回到了北京。有一次在玉华台饭庄和吴晗等人饮宴，事后黄裳写了一篇记载，其中一段说："他（老舍）谈到了美国文化，先提到他的那本《离婚》的故事，先是给别人偷译了，加上了一个大团圆的尾巴，等他交涉了半天，也并没有结果。自己出版了全译本，可是并不能卖。"[12] 这里表示老舍并没同意 Evan King 翻译《离婚》。

一九六〇年，老舍和斯拉普斯基谈话里表示，Evan King 自作主张改变了故事的结尾，他极为不满[13]。这里给人的印象是：老舍同意由 Evan King 翻译，只是不同意译者改变原文。

笔者为此事请教过郭镜秋女士，她说老舍和 Evan King 的确闹过意见，彼此弄得很不愉快。

据《骆驼祥子》电影摄制权的持有人杨剑青女士说，老舍和 Evan King 曾合作改编剧本，并且分得了编剧费[14]。而这件事是在翻译《离婚》之后。

日本翻译本有：

《老舍抄——离婚》，北浦藤郎，《支那语月刊》，一九四四年。

《离婚》,竹中伸,山根书店,一九五三年。

主要的评论文章:

《评〈离婚〉》,李长之,《文学季刊》,第一期,一九三四年十一月。

《老舍及其〈离婚〉》,尹雪曼,《文艺月刊》,第九卷第一期,一九三六年七月一日。

《评〈离婚〉》,陈芳若,《学灯》,五十四号。一九三三年七月二十五日。

《牛天赐传》——这是老舍给《论语》杂志写的特约长篇。假如读者是北京人,会一边看一边笑,特别是拿山东人开玩笑的部分。外地人恐怕就莫名其"妙",除非你常听相声。

《牛天赐传》是叙述一个弃婴,由一对"老绝户"扶养成人的故事。那时候老舍夫妇刚有了第一个男孩,他们新得到的育儿经验,都充作了"牛"书的参考资料。

一九三四年三月二十日,老舍动笔写《牛天赐传》，七月四日开始放暑假，他加紧工作，到八月十日完稿。

和写《离婚》的情形差不多，中间也是经过个酷热的夏天。他形容道："自从一入七月门，济南就热起，那年简直热得出奇；那就是我'避暑床下'的那一回。早晨一睁眼，屋里——是屋里——就九十多度！小孩拒绝吃奶，专门哭号；大人不肯吃饭，立志喝水！可是我得赶文章，昏昏忽忽，半睡半醒，左手挥扇与打苍蝇，右手握笔疾写，汗顺着指背流到纸上。"[15]

天气热，老舍的心里也很乱，那年六月十九日他辞了"齐鲁"教职，当时各地的朋友都约他去。老舍决定先到上海看看文坛盛况再做决定。于是匆匆赶完《牛天赐传》，八月十九日上了火车。

《牛天赐传》随写随寄往上海，所以在《论语》上是断断续续地连载：第四十九期至第六十期，第六十二期至第六十七期，第六十九至七十四期。即由一九三四年九月至一九三五年十月登完。不算盗印版，到一九四八年，共出了四版单行本。

在没正式发表之前，老舍写了一篇短文，名为《〈牛天赐传〉广告》，对全书做了一个简单的介绍[16]。

《牛天赐传》在《论语》登完之后,《宇宙风》的编辑陶亢德约老舍继续写下去,作为特约长篇。可是那时候他太忙,没办法拨出时间续写。正巧有一天他和山东大学的同事赵少侯谈起这件事,赵很有兴趣,两人就议定合写"牛天赐续传",起个名字叫《天书代存》。照他自己的解释是:"'天'代表'牛天赐','书'是书信的书,'代'当代替讲,即狗拿老鼠多管闲事之意,'存'就是胡适文存的存。"[17]

两个人用书信体,彼此都写了几千字,正赶上闹学潮,老舍辞了教职,赵少侯也离开青岛,转到北平去教书,《天书代存》就半途而废,剩下的只有载在《宇宙风》上的《〈天书代存〉序》。

这里顺便一提的是,赵少侯那时任青岛山东大学的法文教授,和老舍交情很好,两个人不但是同事,也算"师生"。老舍时常和学生一起去听赵少侯的法文课,和学生一样的交习作簿子。至于他的法文学到什么程度就不得而知了[18]。

日文译本有:

《牛天赐传》,神谷衡平,《支那语杂志》,一九四二年三月号及一九四三年三月。

《牛天赐传》,竹中伸,一九五三年,角川文库。

《骆驼祥子》——这是一部描写北京洋车夫生活的故事,曾翻译成很多种文字,也获得了中外文学界的好评。一九四九以后,根据中共的文艺政策,改写出版,后来周恩来再下令维持原状,又出单行本。

老舍对北京"拉洋车的"的生活很熟习,这和他个人的生活有很大关系。在《北京旗人今昔》里,他说:"《骆驼祥子》与《龙须沟》等故事中所描写的那些苦人们,都不是我凭空想出来的。他们就是我的至亲好友,虽然书中没明说他们是满族人。"[19]实际上,老舍的两个表兄都是"洋车夫"[20]。

在《人物、语言及其他》[21]里,他说:"关于洋车夫的生活,我很熟悉,因为我小时候很穷,接触过不少车夫,知道不少车夫的故事,但那时我并没有写《骆驼祥子》的意图。有一天,一个朋友和我聊天,说有一个车夫买了三次车,丢了三次车,以至堕落而悲惨地死去。这给我不少启发,使我联想起我所见到的车夫,于是,我决定写旧社会里一个车夫的命运和遭遇，把事件打乱，根据人物发展的需要来写，写成了《骆驼祥子》这一个作品。"

据老舍侄子舒俊陆《忆叔父》[22]里说："叔父的成名作《骆驼祥子》，是由表伯父马敬庭先生促成他写的，内容有一半是事实，其经过是这样的：表伯父的邻居有一位洋车夫，由于表伯父经常坐他的车，而知道他的曲折遭遇。在一个偶然的机会里，表伯父和叔父谈到此洋车夫，叔父甚感兴趣，第二天便透过表伯父与车夫详谈。此后将近四个月的时间，叔父都与此车夫在一块，实际体验车夫生活，进一步了解车夫的个性与言行，以求深入。再加上表伯父给他的参考，终于完成这部长篇小说。当时表伯父不赞成书中的结尾部分，力主应给予祥子一个完整的结局，叔父没有接纳。"

由这几段文字来看，老舍除了利用童年对洋车夫的见闻之外，的确还下过很大功夫。

在一九五五年出版的《骆驼祥子》修正版"后记"里，他说：

　　此书已出过好几版。现在重印，删去些不大洁净的语言和枝冗的叙述。

　　这是我的十九年前的旧作。在书里，虽然我同情劳苦人民，敬爱他们的好品质，我可是没有给他们找到出路；他们痛苦地活着，委屈地死去。这是因为我只看见了当时社会的黑暗的一面，而没看到革命的光明，不认识革命的真理。当时的图书审查制度的厉害，也使我不得不小心，不敢说穷人应该造反。出书不久，即有劳动人民反映意见："照书中所说，我们就太苦，太没希望了！"这使我非常惭愧！

这段话说得有些牵强，迄今为止，还没听说过有北京洋车夫造过反，参加过革命行动的。这"后记"是写于一九五四年，改写应是在一九五三至五四之间，当时负责文艺政策的是周扬，现在已打成"黑帮"，修改是否出于他的指示，就不得而知了。

《骆驼祥子》最初载于《宇宙风》第二十五期至四十一期，即一九三六年九月至一九三七年五月。现在所知道的单行本就有十四版之多，其他盗印版不计其数。

在一九四五年，由 Evan King 译成英文，名为

Rickshaw Boy，由 Reynal & Hitchcock 出版[23]。译者没经过老舍同意，擅自把结尾改成"大团圆"，这样不但歪曲了作者的原意，而且显得庸俗和无聊。

Evan King 也许为了迎合一班美国读者对中国事物的无知和低级趣味，或是将就美国人对文艺欣赏的局限性，做了上述修改，这件事弄得老舍很不愉快，也引起中国的文艺界的不满。但英译本在商业上却很成功。出版之后成为美国"每月佳作俱乐部"（Book-of-the-Month Club）的"选书"和当年的"畅销书"（Best Seller）。

这本"修改版"的英译本寄到中国之后，因为封面上画着个洋车夫，留着辫子，相貌猥琐，当时就引起文艺界的不满，茅盾在重庆文协欢送老舍和曹禺出国的酒会上就说："我看到美国的《骆驼祥子》这本书的广告，那广告上面画的一个中国人，脑袋后面拖了一条长长的辫子，那辫子还翘得高高的。现在的美国人是怎样的看我们中国人啊！"茅盾希望他们两人让美国人知道，中国人如今不仅形式上没有了小辫子，在精神上也没有了小辫子[24]。

同年（一九四六年）二月十八日，在"文协"上海分会的欢送会上，曹禺也说："老舍的《骆驼祥子》英译本封面上拉车的还有一根猪尾巴，可见美国人对中国还认识得不够。"[25]

最糟的是很多欧洲文学的翻译本是据 Evan King 的英译修改本翻的，以讹传讹，一路错下去。

日译本有：

《骆驼祥子》，竹中伸，新潮出版社，一九四三年。

《〈骆驼祥子〉详解》，仓石武四郎，《中国语杂志》第六卷第一至三号。

一九四六年到一九四八年间，老舍在美国时候，名摄影师黄宗霑和章云保组织了制片公司，计划把《骆驼祥子》拍成电影。后来因为股东之间闹意见，加上国内时局起了变化，作为罢论[26]。

老舍回到北京之后，北京制片厂筹备以《骆驼祥子》的改本摄制电影，不知什么原因，一直没实现[27]。

一九五七年，由梅阡改编五幕六场的话剧，登载在《剧本》上。一九五八年由上影剧团的张伐、卫禹平等演出。

一九五九年，由萧甲、曾伯融、袁韵宜改编成京剧本。

评论《骆驼祥子》的文章很多，比较详尽的是《老舍的〈骆驼祥子〉》[28]。《骆驼祥子》话剧上演之后，当时有很多评论的文章：

《印证——记三轮车夫人看话剧〈骆驼祥子〉有感》，陈和，《人民日报》，一九五八年一月十六日。

《我们从前的血泪生活史——看〈骆驼祥子〉有感》，陈和，《文汇报》，一九五八年一月十九日。

《话剧优秀剧目——〈骆驼祥子〉》，孙杰人，《解放日报》，一九五八二月二日。

《谈〈骆驼祥子〉中的几个人物》，褚元仿，《解放日报》，一九五八年二月八日。

《谈〈骆驼祥子〉的改编》，《戏剧论丛》，第四辑，一九五七年。

关于语文教学方面的文章有：

《读〈骆驼祥子〉》，方白，《文艺学习》，一九五六年，六期。

《谈〈骆驼祥子〉》，蒋光阳，《语文教学》，一九五七年，三月号。

《祥子的悲剧》，王积贤，《语文学习》，一九五八年，二月号。

《〈骆驼祥子〉简论》，思齐，《语言文学》，一九五九年，五期。

《谈老舍的〈骆驼祥子〉与〈龙须沟〉》，《生活与创作论集》，思基，长江文艺出版社，一九五八年。

《〈骆驼祥子〉简论》，思齐，《语言文学》，一九六〇年，一月。

《骆驼祥子》，北京中小学教学参考资料编辑委员会，高级中学语文课本，第六册，教学参考资料，大众出版社，一九五六年。

《在烈日与暴雨下》，节选自《骆驼祥子》，《语文》，一九六〇年，四月。

《选民》——这部长篇小说的技巧和内容都不十分高明，也始终没引起读者和批评家的注意。《选民》是和《骆驼祥子》同时发表的，后者当时在文坛上大放异彩，相形之下，《选民》就显得黯然无光。

《选民》的故事是描写一个美国留学的博士，自以为镀上一层金就"高人一等"。没想到他学的那套不能

"洋为中用",到处碰壁。结果娶了一位土财神的女儿,仗着裙带关系,才算有了着落。

由故事的内容来看,"选民"是"上帝的选民"的意思:即是那位博士,自以为是 Chosen people。并非像范业本所说的,"选民"即是"公民"(Citizen)[29]。

《选民》是在《论语》上断断续续登出来的:从九十八期到一〇九期、一一一期到一一二期、一一四期到一一五期(一九三六年十月到一九三七年)。

早年奉天的"振光排印局"以《文博士》的名字出单行本。香港的"作者书社"在一九四〇年到一九四一年印过三版。但这些版是否曾征得作者的同意,就不知道了。

(二) 短篇小说

前面提过,老舍在这个时期写了很多短篇小说,照他自己的说法,这些短篇大致可以分为三组[30]。

第一组——《五九》[31]《热包子》《爱的小鬼》《同盟》《马裤先生》《抱孙》。老舍说这几篇是"写着玩的":为了敷衍杂志编辑和"凑字儿"。

第二组——自"一·二八"沪战之后，老舍收起"写着玩的"的心情，开始以较严肃态度写短篇。这一组的故事材料来源有四类：

第一类——老舍自己的经验或亲眼所看见的人与事。有《大悲寺外》《微神》[32]《柳家大院》《牺牲》《毛毛虫》《邻居们》。

第二类——朋友讲的一些真实的事情，有《也是三角》《上任》《柳屯的》《老年的浪漫》。

第三类——《歪毛儿》。结构和技巧是模仿 J. D. Beresford 的 *The Hermit*。据罗常培说，这个故事的材料是他和老舍儿时同游的纪实。[33]

第四类——先有个观念，而后去撰构人与事，有《黑白李》《铁牛与病鸭》《末一块钱》《善人》。

第三组——这一组的故事材料是原预备写长篇的，当时急着要交稿，浓缩为短篇。有《月牙儿》《断魂枪》[34]《阳光》《新时代的旧悲剧》。

以上这三组短篇小说，大都收在"集子"里，现在依出版的前后列出：

《赶集》——一九三四年,良友图书公司出版。有《五九》《热包子》《爱的小鬼》《同盟》《大悲寺外》《马裤先生》《微神》《开市大吉》《歪毛儿》《柳家大院》《抱孙》《黑白李》《眼镜》《铁牛与病鸭》《也是三角》。

《樱海集》——一九三五年,由人间书屋出版,有《上任》《牺牲》《柳屯的》《末一块钱》《老年的浪漫》《毛毛虫》《善人》《邻居们》《月牙儿》《阳光》。

《蛤藻集》——一九三六年,开明书店出版,有《老字号》《断魂枪》《听来的故事》《新时代的旧悲剧》《且说屋里》《新韩穆烈德》[35]《哀启》。

除了收在"集子"里的之外,老舍那个时期写的短篇还有:

《抓药》——以北方日军占领区为背景,描写中国人在出入城门的时候,所受到日伪军方检查站的各种侮辱。原载于《现代》第五卷第一期,一九三四年五月。

《生灭》——描写青年知识分子的沉沦,原载于《文学》第三卷第二期，一九三四年八月。

《裕兴池里》——以北方的"澡堂子"作背景，描写一部分人在国难期间的麻木不仁和无聊。原载于《东方杂志》第三十二卷一号，一九三五年。

《沈二哥加了薪水》——描写官场的黑暗和小公务员的悲哀，原载于《现代》第六卷第一期，一九三五年。

《新爱弥耳》——以小孩做主角，用寓言的方式，对中国的家庭和社会教育提出了一些意见。原载于《文学》第七卷第一期，一九三三年。

(三) 杂文

这个时期老舍写的杂文大致可以分成七类：

一、生活琐事的记述和感想。

二、对时局的意见。

三、对社会上某些不合理现象的揭发与控诉。

四、对某些人与事的讽刺。

五、游记和景物的描写。

六、应酬文。

七、纯粹的"耍骨头"。

因为数量太多,没办法一一介绍,只将题目列出:

《祭子路岳母文》《昼寝的风潮》《当幽默变成油抹》《天下太平》《不远千里而来》《特大的新年》《讨论》《不食无劳》《八百余人上外交总长文》《大发议论》《理想的文学月刊》《谈教育》《老而不死是为神》《大时代与作家》《新年的梦想》《个人计划》《一天》《吃莲花的》《买彩票》《有声电影》《科学救命》《新年二重性格》《自传难写》《四十自传》《一九三四年计划》《记懒人》《狗之晨》《新年醉话》《抬头见喜》《写信》《辞工》《到了济南》《避暑》《暑中杂谈二则》《代语堂先生拟赴美宣传大纲》《〈牛天赐传〉广告》《哭白涤洲》《写字》《取钱》《给赵家璧的信》《〈天书代存〉序》《一九三四年我爱读的书》《习惯》《济南的冬天》《趵突泉的欣赏》《我的理想家庭》《婆婆话》《读书》《小病》《文艺副产品》《幽默的危险》《有钱最好》《小动物们(上、下)》《病中》《慢邮代电》《想北平》《番表》《〈西风〉两周年纪念》《东方学院》《英国与英国人》《英国人的猫与狗》《我的几个房东》《给陶亢德的信》《鬼与狐》《何容何许人也》《画像》《给赵景深的信》《无题》《有了小孩之后》《五月的青岛》《大明湖之春》《青岛与我》。这些杂文有一部分收在下列的"集子"里：

《老舍幽默诗文集》——一九三四年，时代图书公司出版。

《老舍选集》——一九三六年，万象书屋出版。
《老舍创作选》——一九三七年，仿古书店出版。
《老舍代表作选》——一九三七年，全球书店出版。

（四）诗

老舍的诗大部分都是用幽默和讽刺的笔法写的：文字俏皮、意境不高。这里所谓"诗"是广义的，应该说是韵文：包括新诗、旧诗、鼓词、数来宝、溜口辙等。有《慈母》《救国难歌》《恋歌》《长期抵抗》《致富神咒》《贺〈论语〉周岁》《痰迷新格》《勉"舍"弟"舍"妹》《国难中的重阳》《教授》《希望》《王小赶驴》《谜》《〈论语〉两岁》《题全家福》。

（五）有关文学创作

老舍写的有关文学创作的文章，有两个材料来源：一、读书心得和创作经验；二、教书的讲义，加以整理后再拿去发表。有《创造病》《AB 与 C》《如何接受文学遗产》《评臧克家的〈烙印〉》《我怎样写〈老张的哲学〉》《我怎样写〈赵子曰〉》《我怎样写〈二马〉》《我怎样写〈小坡的生日〉》《我怎样写〈大明湖〉》《我怎样写〈猫城记〉》《我怎样写〈离婚〉》《我怎样写〈牛天赐传〉》《谈幽默》《景物的描写》《人物的描写》《事实的运用》《言语与风格》。这些文章有一部分收在《老牛破车》里。

（六）翻译

《战壕脚》（André Maurois 原著）。

《文艺中理智的价值》（Elizabeth Nitchie 原著）。

《文艺中道德的价值》（Elizabeth Nitchie 原著）。

《文学与作家》（Elizabeth Nitchie 原著）。

老舍翻译的文章很少，除了在英国和艾支顿合译过《金瓶梅》之外，目前能找到的只有这几篇。《战壕脚》原载于《论语》的第五十六期（一九三五年），其余三篇都是登在《齐大月刊》上的，可能是他在齐鲁大学的教学讲义。

后来在一九五六年，他翻译了萧伯纳的《苹果车》

(*The Apple Cart*),一共有十五万字,但始终没见出版过。

注释

1. 老舍:《我怎样写〈大明湖〉》,载《老牛破车》,上海:人间书屋,1937年版。
2. 徐调孚:《记〈小说月报〉第二十三卷新年号》,载1932年《宇宙风》新年号。
3. 老舍:《我怎样写短篇小说》。
在《人物、语言及其他》里,老舍说:"……把这十万多字(指《大明湖》)的材料写成了中篇《月牙儿》。"
4. 老舍:《我怎样写〈猫城记〉》,载《老牛破车》,上海:人间书屋,1937年版。
5. 1969年,莫斯科科学出版社发行了《猫城记》,并在1977年、1986年、2000年、2014年分别进行了再版。——编注
6. 《现代中国文学全集》,东京:河出书房,昭和二十九年即1953年版。
7. 1970年正是"文革"最"热闹"的时候,这篇点名批判老舍的文章不知是出于何人的指示。正巧俄译本《猫城记》在前一年(1969年)出版。也可能是中共借老舍的这部小说来批判"苏修社帝"。
8. 老舍:《毛主席给了我文艺的新生命》,载1952年5月21日《人民日报》。
9. 老舍:《我怎样写〈离婚〉》。
10. 1933年2月6日及7月12日,老舍写给良友图书公司的编辑赵家璧的信。后编入《现代中国作家书信》(孔另境编,上海:生活书店)。
11. 老舍:《〈离婚〉新序》。
12. 黄裳:《老舍在北京》。
13. [捷]斯拉普斯基:《论老舍》。
14. 口头资料第九号。
15. 老舍:《我怎样写〈牛天赐传〉》。
16. 老舍:《〈牛天赐传〉广告》,载1934年7月16日《论语》第45期。

17　老舍：《〈天书代存〉序》，载 1936 年 3 月 16 日《宇宙风》第 13 期。
18　中生：《记老舍先生》。
19　《居京随感录》，北京：中国建设出版社。
20　同上。两个"拉洋车的"表兄是老舍四姨夫的儿子。
21　老舍：《出口成章》，北京：作家出版社，1964 年版。
22　载 1966 年 10 月 13 日《中央日报》。
23　Evan King. *Rickshaw Boy*. New York: Reynal & Hitchcock, 1945.
24　酒会于 1946 年 1 月 20 日在重庆举行。黎舫：《中国民间文化人第一次出国》，载 1946 年《文联》第 1 卷第 3 期。
25　赵景深：《一个作家集会》，载《文坛忆旧》，上海：北新书局，1948 年。
26　口头资料第九号。
27　[捷] 斯拉普斯基：《论老舍》。
28　公兰谷：《老舍的〈骆驼祥子〉》，载《现代作品论集》，北京：中国青年出版社，1957 年版。
29　《论老舍》之注三五。
30　老舍：《老牛破车》。
31　《五九》是老舍的第一篇短篇小说，原载于《齐大月刊》。"五九"是指 1914 年 5 月 9 日，那天袁世凯和日本签订"二十一条"，遭到全国各界的反对。北伐后，国民政府定为国耻纪念日。
32　《微神》是描叙一个女人的遭遇。据罗常培在《我与老舍》里说：这故事是老舍初恋的经过。原载于 1933 年 9 月《文学》第 4 期。
33　罗常培：《我与老舍》。
34　老舍原计划写一部长篇武侠小说，定名为《二拳师》。后来因为时间无法安排，就采其中一段，写成《断魂枪》。参考《老牛破车》。
35　黄沙：《老舍的写作生活》，载 1956 年 4 月 1 日《新观察》第 7 期。

第二十一章

前面提过,老舍在齐鲁大学这段时期,可以说是苦乐参半。但他对济南这个地方始终没有好感,一直想换换环境。

一九三四年初,他决定离开济南,六月二十九日,向学校辞职,八月十九日乘津浦路南下[1],先到南京,和预先约好了的朋友白涤洲与齐铁恨[2]碰面,大家在金陵石头城畅玩了几天[3]。八月底到了上海。

在上海,老舍看到了"文坛盛况",也了解到单靠写作无法养家活口,于是在不得已的情形下,又重操旧业——教书。

这次是应国立青岛大学之聘,做文学院的教授。

老舍还没有走马上任之前,突然在十月十二日接到了一封电报:"涤洲病危"。十四日上火车,赶到北平,白涤洲已病逝。他和白从小是朋友,又是通家之好,当时悲恸欲绝[4]。

办完白涤洲的丧事,在北平和家人团聚了几天,又匆匆赶回山东。

一九三五年春天,老舍把家由济南搬到青岛。

青岛是避暑胜地,一到五月,樱花盛开。市区的马路环山而建,街道极为整洁。海滨浴场更是驰名中外。老舍爱花,这个地方对他很合适[5]。至于海滩,他倒没什么兴趣,因为既不会游泳,又骨瘦如柴。就算穿上泳装,站在海边充充样子,也透着泄气。只能身披夏布大褂[6],端立小丘,望海兴叹[7]。最多是卷起袖子去捡贝壳、捞水草。他在青岛出的两个文集,定名"樱海"和"蛤藻",也就是"观海看樱"和"拾蛤捞藻"的意思。

青岛以前是德国租界,所以相当"洋气"。"洋气"的地方固然有很多生活上的便利,但先决条件要有钱。老舍不是富人,因此受了不少"洋罪"[8]。

首先是房子,"洋楼"的设备虽好,但租金太贵,老舍无力担负整座,只有分租别人楼下的三间房。楼上的那家,有八个孩子,每天吵闹不休。老舍上去交涉,他的芳邻不但没有歉意,还把他训了一顿。没办法,找房搬家[9]。

第二次,事先打听明白了,大人规矩,小孩少。等搬过去一看,房东养了八条狗,稍有风吹草动,众犬齐吠,吵得他心烦意乱。狗主人平时也不去遛狗,以致满院子拉屎,臭气熏天。老舍忍无可忍,搬出了"恶狗村"[10]。

第三次,经过详细调查,左邻右舍都没有狗,也没小孩,安心地搬过去。第二天早晨才发现,楼上那家是"京剧爱好者"。早晨七点钟开始吊嗓子,白天哼个不停,一到晚上,同好"雅集"。生旦净末丑俱全,文武场面带开打。有时候百家争鸣一直到深夜。老舍虽然喜欢京戏,但住在"票房"[11]里也受不了。结果又搬出了"戏迷家庭"[12]。

搬一回家,要装灯,报水表,改窗帘子,扔掉很多东西……老舍在青岛两年,为了房子弄得劳民伤财[13]。

老舍对于青岛的"吃"倒相当满意,那里的鱼虾水果,都新鲜而价廉。"穿"也很随便,就是"行"有点问题。汽车,他买不起。洋车和马车都很干净,但是价钱贵。自行车不好骑,因为是山城,路太斜。所以他经常是步行。

玩呢?青岛没有"游艺场"之类的东西。京戏偶尔有名角去,票价总要两三块大洋一张,在当时已经算是很贵了,他不舍得。蹦蹦戏整年都有,也不算贵,但老舍总觉得听着不过瘾。电影只有夏季才来好片子,避暑的人一去,就拿烂片充数[14]。

青岛是港口,经常有洋船停泊,海员们一下船当然去找刺激,所以舞厅和酒吧业很发达。舞女的数量相当多,老舍在很多文章里都提到这一点[15]。他不会跳舞,又是教育界的人,当然很少涉足这些场合[16]。

老舍的消遣是喝喝酒,有时候到朋友家吊嗓子[17],打麻将只是偶一为之[18]。他最大的享受是逛公园看花。

注释

1 老舍:《我怎样写〈牛天赐传〉》。
2 白涤洲、齐铁恨,早年推行国语运动的健将。齐氏现仍在台湾做国语教师。
3 老舍:《哭白涤洲》。

4　同上。

5　老舍:《五月的青岛》,载 1937 年 6 月《宇宙风》第 43 期。

6　大褂即长衫。

7　老舍:《有钱最好》,载 1935 年 3 月 1 日《论语》第 60 期。

8　同上。

9　同上。

10　同上。

11　票房:爱好京剧的人聚会的场所。

12　戏迷家庭:京剧中的滑稽小节目。

13　老舍:《有钱最好》。

14　同上。

15　老舍:《青岛与我》,载 1935 年 8 月 16 日《论语》第 70 期。

16　老舍:《有钱最好》。

17　老舍:《青岛与我》。

18　同上。

第二十二章

一九三五年的第一个学期，老舍到山东大学报到。

山东大学的前身是山东省立农、矿、法、商、工、医各专科学校。一九二六年合并为省立山东大学。一九二八年五月三十日发生济南惨案，学潮起，暂时停办。北伐后，国民政府派蔡元培主持筹备改成国立大学。一九三〇年五月改制完成，聘杨金甫（振声）为首任校长。校址分设在青岛和济南两处，总校位于青岛的万年山麓，原是德国兵房的旧址。

杨金甫，原籍山东，"北大"出身，是新文学运动的先驱者。早在一九一九年就和傅斯年、罗家伦、俞平伯、叶绍钧、欧阳予倩等创办《新潮》月刊，写过半新不旧体的小说《玉君》。他的人缘好，中央有蔡元培支持；地方上，教育厅厅长何思源是他的同乡兼"北大"后学。杨氏算是个相当理想的人选。

当时的文学院长兼中文系主任是闻一多。英文系主任梁实秋，理学院长是黄际遇，教务长先后是赵太侔、洪深和张道藩，教授有沈从文、方令孺、游国恩、丁山、赵少侯等人。那时候可称得起是人才济济了。

表面上，山东大学是天时、地利、人和都占了；实际上，风潮一直没断过。其先天性的缺陷是名为"国立"，经费要由省政府和青岛市政府出。当时省主席是韩复榘，他觉得中央夺了他的"地盘"，虽不敢明目张胆地反抗，却暗中鼓动风潮。同时左右派、山东省政府、青岛市政府、胶济路局的各派势力也时起摩擦。在"山大"改成国立的两年后，学潮终于爆发了。

先是学生提出"驱除不学无术的闻一多"的口号，接着波及梁实秋、洪深和校长杨金甫。学生甚至于公然在黑板上画了一个乌龟和一只兔子。旁写"闻一多与梁实秋"，闻当时还问梁："哪一个是我？"梁答道："任你选择。"[1]

校长杨金甫首先辞职,由赵太侔继任。稍后梁实秋和闻一多也离开了。

老舍上任的时候正是青黄不接之际。他开的课程除了有关文学方面的之外,还有西洋通史。和在"齐鲁"时候的情形一样,他一上台就受到学生们的欢迎,外系有很多学生都来选他的课。

大概是怕惹是非,老舍除了授课之外,很少在学校流连。可是学生们却不放过他,常常在校园里围住他聊天,或者到他家去请教各种问题。

那时候学潮已渐趋僵局,不但学生和校方各不相让,就是学生们中间也分成两派,明争暗斗,各走极端。老舍不属于任何派系,人缘又好,于是就成了调人。

他奔走和平的结果,居然各派答应讲和。"议和会"在科学馆的礼拜堂举行,当时各路人马到齐,老舍代表校方致辞:"这一次的事情,弄到这个地步,可说是学校办教育的失败(大家肃然),但是听说你们要开火,吓得我三天不敢出来(哄堂大笑)。今天你们都来了,这是一种好现象。现在有些问题,我们仍然要讨论一下。你们能互相接受意见,没事儿;不能接受,学校关门大吉……"经过他这次亦庄亦谐地劝解,风潮终于平息了[2]。其实老舍内心里极痛恨学生闹风潮。在很多作品里都表现了这一点[3]。

"议和会"是老舍在山东大学的最后一次演讲，那学期结束，学校改组，他就离职了。

辞掉教职之后，老舍留在青岛专心写作。工作之外，就收集字画。他平日自奉甚俭，只有买画舍得花钱。那年夏天，还特地托许地山带了三十块银元去请齐白石画了一张画。后来抗战的时候，他什么都扔了，只有字画跟着他逃难[4]。

一九三五年底，他的第二个孩子出世，取名小乙。

注释

1 关于山东大学闹风潮的经过，可参考：
冯夷：《混着血丝的记忆》，载 1946 年《文艺复兴》第 2 卷第 4 期。
梁实秋：《谈闻一多》，台北：传记文学出版社，1967 年版。
梁实秋：《忆杨金甫》，载《看云集》，台北：志文出版社，1974 年版。
2 中生：《记老舍先生》。
3 老舍很多作品里，对闹风潮的学生都加以谴责，如《赵子曰》《大悲寺外》《骆驼祥子》等。
4 黄沙：《老舍的写作生活》。

第二十三章

一九三六年,日本对中国边打边谈,同时在华北搞"地方特殊化"运动,推行"分化"和"蚕食"并进政策。

暂短的和平,北平呈现了大风暴前的畸形繁荣。老舍由青岛回到了老家。

在北平,老舍为母亲作八十岁生日,大张宴席,还请了京戏"堂会",他自己也在席前清唱助兴[1]。那天请的多是在北平的文教界知名之士,正好借祝母寿联络一番。他很想在北平谋一教职。

那时老舍的好友罗常培在北京大学任中文系系主

任,曾向校方推荐他去教"小说写作",后来因为时局的关系没成功。但他在北大的演讲倒是很轰动[2]。

一九三六年秋天,中日处于半战争状态中,驻天津北平的日军居然在中国的土地上举行大演习,假想目标是中国军队。这件事当时引起了全国一致愤慨,工人罢工、学生请愿、文教界抗议……抗日情绪高涨。文艺界也发表了《文艺界同人为团结御侮与言论自由宣言》[3]。

一九三七年初,日本对中国的节节进逼,促成了中国各党派的大团结。二月十日,中共向国民党提出和谈条件。三月二十日,中共接受国民党的建议,愿开始谈判。六月四日,周恩来上庐山会晤蒋中正,讨论国大问题……这时日本军方见中国团结在望,对"分化"和"蚕食"已经感到不耐烦了,代之以鲸吞式地大规模侵略战争。

一九三七年七月七日,卢沟桥战事爆发,老舍及时逃出。八月七日,北平沦陷。八月十五日,老舍又到了济南[4],被齐鲁大学再度聘为教授[5]。

那时候日本还没向英美宣战,"齐大"有教会保护,老舍住在校园里还能苟安一时。到了十月,日本飞机轰济南,外国校长跑了,学校全部停顿[6]。十一月,中国已是遍地烽火,北方的学校停闭了一半以上,教员们多是"留职停薪",面临断炊的边缘。老舍著文建议当局设法给他们安排工作,同时呼吁教员们自动联合起来寻求解决的办法。但是战争中的枪炮声把他的呼声给压下去了[7]。

这时老舍焦急万分,到处打听家乡的消息,开始听说杨振声和沈从文由北平逃出[8],路过济南,但兵荒马乱之中,彼此没见到面。接着老向来了[9],谈了一个钟头,知道了一些沦陷区的情况。后来遇见了《北平实报》社长管翼贤,管氏声称预备在济南复刊,要邀老舍写稿。可是不久管翼贤落水做了汉奸[10]。臧克家也来看过他,要计划大家合办个刊物,结果各自逃亡也就作为罢论。

这时炮火中的济南也出现了畸形的繁荣,有些人花天酒地,过一天算一天;有些人各处活动,做亡国后当汉奸的准备;有些人口喊"抗战到底",实际预备弃职潜逃,老舍称为"半汉奸",撰文谴责[11]。

他看见了伤兵的惨状、灾民的苦况、战士的英勇和各界抗日情绪的高涨,觉得在这个民族存亡关头,应该走出书斋，奔赴战场，以文艺的力量去参加抗日的行列[12]。

首先，老舍冲过封锁线，把家小送回已经沦陷了的北平。然后只身南下，目的地是战时首都武汉。

他由北平逃出，刚到保定就遇到战事，几乎丧了命。火车到石家庄停开，改为步行，两天后至彰德。仍然找不到交通工具，再走一个星期才搭上车[13]。

一九三七年十一月二十日，老舍到了汉口，寄住在旧德国五号码头华清街的朋友家里。他各方面都失去联络，就寄了一张明信片给陈纪滢。

陈纪滢和老舍以前没见过面，只有过文字交往。那时候陈氏除了为《大公报》编副刊外，还做汉口汉景街的邮政局长，由于职务上的方便，当时就成了文艺工作者的联络人[14]。

由陈纪滢的口中，知道老向、何容已经到了汉口，在冯玉祥家中做清客。

那时候冯玉祥刚就任军委会副委员长，没什么实际工作，以写抗日诗文遣兴，请了很多文人住在他家里，有的帮他核稿，有的和他讨论天下大事。

老舍和冯玉祥有过一段"泰山讲学"的香火缘，于是在十二月二十日就搬到武昌云架桥千家街的冯公馆，正式成了入幕之宾[15]。

一九三八年一月一日，由冯玉祥支持，老舍、老向、何容、赵望云创办了《抗到底》半月刊。用通俗的笔法，采民间曲艺形式，宣传抗日思想[16]。

这时期，老舍生活暂时已不成问题，工作也有了着落。他就在这历史上有名的武汉三镇各处参观一番：他曾在蛇山、黄鹤楼头，看滚滚长江；也到鲁肃墓、祢衡冢、伯牙琴台去凭吊。除了名胜古迹外，他看到了战争中大都市的景象：各处逃来的难民、前线回来的士兵、各地来受军训的学生……在汉口租界里：舞厅、赌场、鸦片馆、妓院公开设立，只要有钱，吃喝嫖赌抽，样样俱全。戏园、电影院天天满座，物价虽然直线上涨，但人们纸醉金迷如故，一点没有大难临头的恐惧。

他曾感慨地写了三首诗：

一、流亡

弱女痴儿不解哀，牵衣问父何去来？

话因伤别潜成泪，血若停流定成灰！

已见乡关沦水火,更堪江海逐风雷。
徘徊未忍道珍重,暮雁声低切切催。

二、伤心

遍地干戈举目哀,天南有国亦难来。
人情鬼蜮乾坤死,士气云龙肝脑灰。
贼党轻言拥半壁,流民掩泣避惊雷。
更怜江汉风波急,艳舞妖歌尚浪催。

三、自励

黄鹤楼头莫诉哀,酒酣风劲壮心来。
烟波自古留余恨,烽火从今燃死灰。
如此江山空暮雨,有谁文笔奋云雷。
奇师指日收河北,七步诗成战鼓催。[16]

老舍住在冯玉祥家里,除了写些抗日文章之外,主要的工作是帮何容编《抗到底》和《人人看》两份刊物,有时也替冯氏改改"文稿"[17]。生活虽然不成问题,但一个人流亡在外,心情总是不好。他给陶亢德的信[18]里说:

由家出来已四个月了。我怎样不放心家小，是你可以想象得到的……

　　这四个月来，最难过的时候是每晚十时左右。你知道，我素日生活最有规律，夜间十点前后，必须去睡。在流亡中，我还不肯放弃了这个好习惯。可是，一见表针指到该就寝的时刻，我不由的便难过起来……

　　妻小没法出来，我得向她们告别！我是家长，现在得把她们交给命运。我自己呢，谁知道能走到哪里去呢！我只是一个影子，对家属全没了作用，而自己也不知自己的明日如何。小儿女们还帮着我收拾东西呢……

　　我想念我的妻与儿女，我觉得太对不起她们，可是在无可奈何之中，我感谢她，我必须拼命的去作事，好对得起她……

注释

1　舒俊陆：《忆叔父》。
2　今圣叹：《忆老舍在北平》。
3　《一九三六年中国文艺年鉴》。
4　老舍：《友来话北平》，载1937年11月1日《宇宙风》第50期。

5 臧克家:《济南三日记》,载 1938 年 1 月 1 日《宇宙风》第 56 期。

6 同上。

7 老舍:《留职停薪》,载 1937 年 11 月 11 日《宇宙风》第 51 期。

8 老舍:《友来话北平》。
杨振声辞山东大学校长后,去北平主持编中学教科书,聘沈从文、吴晗为编辑。北平沦陷后逃出,后辗转去昆明。

9 老舍:《友来话北平》。
老向,原名王向辰,北京方言作家。

10 管翼贤,名报人,《北平小实报》社长,原著文抗日,思想极为强烈,日军占北平后,想用"脚踩两条船法"自高身价。日本宪兵知其事,派人往其住宅搜查,发现有中央将领之电函。管翼贤跳墙逃走,赴武汉。治安机关亦发现他有通敌嫌疑,欲加以逮捕,管又逃走,经香港回北平,正式落水做汉奸,任日军方之《武德报》社长。

11 老舍:《半汉奸》,载 1937 年 10 月 16 日《宇宙风》第 49 期。

12 老舍:《大时代与写家》,载 1937 年 12 月 1 日《宇宙风》第 53 期。

13 陈纪滢:《胡政之与〈大公报〉》。

14 同上。

15 老舍:《到武汉后》,载 1938 年 3 月 5 日《大风》第 1 期。

16 同上。

17 当时替冯玉祥核稿的人有何容、老向(王向辰)、赖亚力、吴组缃和老舍,后来又加入了王冶秋。

18 老舍在 1938 年 3 月 15 日写信给陶亢德,后来发表在《宇宙风》上。见 1938 年 5 月 1 日《宇宙风》第 67 期。

第二十四章

国共再度合作,在一九三八年二月六日,军事委员会成立政治部,由陈诚任部长、周恩来和黄琪翔任副部长。郭沫若任第三厅厅长,主管宣传。当时郭氏的确网罗了不少人才,像阳翰笙、胡愈之、田汉、郁达夫、洪深、史东山、应云卫、马彦祥、冼星海、徐悲鸿、叶浅予、张曙、杜国庠等人都做了处长、科长、科员[1]。在表面上,起码大家已经做出"团结"的样子。

在文艺界,各党各派也暂时捐弃私见,一致对外,在一九三八年三月二十七日,成立了"中华全国文艺界抗敌协会"。老舍是发起人之一,也是筹备委员。

"文协"的成立大会，象征着文艺界的大团结，当时情形可以说是"盛况空前"。

那天，老舍非常兴奋，五点钟就起床了，六点钟离冯公馆，从武昌过江，八点钟到汉口，会同老向与何容，直奔汉口总商会大礼堂——会场。

会场门口高扎彩牌，上写"中华全国文艺界抗敌协会成立大会"。另挂白布横扯贯街，写着"文章下乡，文章入伍"。

老舍到的时候，王平陵和华林刚刚布置好会场。楼适夷正把标明职务的缎条分发给工作人员。与会的人都戴着两个条子，分别写着"成立大会"和自己的名字，省得见面再"自报家门"。

老舍那天认识了很多新朋友，第一次见面的有郭沫若、郁达夫、丰子恺和宋云彬等人。

会中最惹人注目的是日本反战作家鹿地亘和他太太池田幸子。他们夫妇为了原则，由上海，经香港，辗转到武汉参加了中国的反侵略战争，当时的职务是政治部设计委员[2]，那天是大会名誉主席团之一，由胡风陪同进场，介绍给大家认识。

人到齐之后，由国民党中宣部长邵力子做主席，宣布开会。先由王平陵报告筹备经过,再由方治代表陈诚致"训词"。接着鹿地亘、周恩来、郭沫若、冯玉祥和陈铭枢分别致辞。

中午时,邵力子请老向对大家宣布:先在门前合影,再去江汉街普海春聚餐,饭后大家在普海春继续开会。

入席前,老舍吟诗一首,题为《贺"文协"成立》,胖诗人卢冀野马上唱和。

大家就位,老舍夹在两诗人之间,左边是穆木天,右是锡金。两道菜之后主席命老舍宣读《大会宣言》,接着盛成读《致全世界作家书》的法文译文。

这时候,一个难民溜了进来,自动唱了一首《流亡曲》,大家报以掌声。冯玉祥兴起,和了一首《吃饭歌》。

小插曲过去,老舍宣读《致世界作家书》的中文稿,孙师毅读胡风拟的《告日本作家书》,老向读《慰劳最高领袖及前线将士电文》。

空袭警报!

大家并没解散。

紧急警报,敌机已临武汉上空。

主席邵力子站在椅子上,大声宣布讨论会章,轰炸声和高射炮声交织地响着,大家继续开会。

警报解除,会正好开完,事后知道徐家棚一带被炸,二百多人遇难[3]。

会中选出理事四十五人,有老舍、郭沫若、茅盾、洪深、田汉、阳翰笙、张道藩、王平陵、姚篷子、曹靖华、叶楚伧、邵力子、华林、陈纪滢等。监事有夏衍、潘孑农、宋之的等。职员是研究部主任郁达夫、组织部主任王平陵、出版部主任姚篷子、总务部主任老舍。

老舍就是实际上的会长,当时因为左右派都想操纵"文协",相持不下,结果"领导权"就落到他这个"散淡的人"身上了[4]。

"文协"的职员,除了梅林(干事)之外,全部是义务职。会中没有固定的经费,老舍是总务主任,所以"轧头寸"就成了他的主要工作之一。一开始,会员们办事的时候,都是自己掏腰包把钱垫出来,或以"文协"名义向外边借债。可是那时候,在兵荒马乱之中,大家都困难。"文协"成立一个月之后,就债台高筑,周转失灵了[5]。

于是大家分头去找钱：老舍、盛成、王平陵、姚篷子、沙雁、楼适夷几个人三天两头地到政治部、中宣部去催请补助金[6]。可是那些"左""右"派的官儿们，多数是口惠而实不至，因为他们既"抓"不到这个组织，当然也不热心帮忙了。

"文协"之能维持下去，全仗会员们的热心和老舍任劳任怨的工作。他在穷困之中，用穷则变，变则通的办法解决了不少问题。比如开理事、租场地、办茶水香烟都需要钱。于是老舍就利用有人请大家吃饭的时候，顺便开会。第一届理事会就是乘冯玉祥请客的时候开的。这样一来，主人既有面子，大家也把事情办了。

第二届理事会是乘邵力子请客的时候开的，那天相当热闹，除了在武汉的理事都来参加之外，于右任、周恩来、周佛海和刘百闵等名誉理事也都到了。

老舍在会务报告之中，特别强调经费困难，人手不够。他还说，当时有些从前线回来以及由战区逃出的作家，生活无着，连食宿都成问题，会中本应该设法照顾，但是没钱。老舍恳请"在座诸公"赶快给想办法。

接着盛成报告到徐州前线劳军的经过,指出军中需要通俗文艺作品。田汉也谈到前方读物的贫乏,有时候士兵很多天都看不到一张报纸。于右任则鼓励作家们写东西要真实,避免喊空洞的口号。

周恩来的讲话颇富戏剧性:开始说他很高兴能和这么多文人在一起工作,并答应替"文协"筹钱,让大家能多写些文章,使会务有发展。最后,眼中含泪地说:"我要失陪了,因为老父今晚十时到汉口(大家鼓掌)。暴敌使我们受了损失,遭了不幸。暴敌使我的老父被迫南来。生死离合,全出于暴敌的侵略;生死离合,都增强了我们的团结!告辞了。"在掌声中周氏匆匆下楼。

郭沫若的报告说:政治部和其他机关要办一个战时文化服务团,征集图书及创作,送到前方。希望"文协"多捐书,多写书,但没提"钱"的事[7]。刘百闵则答应对会中经费尽量帮忙,并愿想把"文协"所预备的通俗读物,由中宣部印行[8]。

理事们开会,可以借"大头儿"们请吃饭举行,可是小组会和专题讨论会呢?老舍也有办法!借汉口中山公园茶社来召开,除了茶水由会中供给外,香烟零食自备,这样既省钱,"会场"又够大,还可以乘机游园[9]。

"文协"的工作当然不只是开会,他们在武汉这短短的三个月之中的确做了不少事情。会务发展方面:桂林、成都、昆明、长沙、襄樊、香港、延安等地都先后成立了分会,有些地方建立了通讯处(会章规定,十人以上方能设立分会)[10]。出版方面,有会刊(《抗战文艺》)、前线增刊、诗歌专刊、英文会刊、抗战文艺丛书等[11]。

"文章下乡,文章入伍"也做得很有成绩!郁达夫曾经几次探入东线。上北战场的有臧克家、碧野、田涛、李辉、陈荒煤、刘白羽、端木蕻良、黑丁、光未然等人。丁玲领导的"西北战地服务团"则一直在晋绥一带活动。

其他像推行民间通俗读物,主催"保卫大武汉"七七公演,刊印《鲁迅全集》也做得有声有色。

注释

1. 政治部除陈诚、周恩来、黄琪翔分任正副部长外,张厉生任秘书长,贺衷寒任第一厅长,管军中党务,康泽任第二厅长,管民众组织。当时的情形可参考:

郭沫若:《洪波曲》,香港:一新书店。

孙陵:《文坛交游录》,高雄:大业书店。

2　鹿地亘夫妇参加中国抗战的经过可参考《洪波曲》。

3　"文协"成立的经过,可参考:

老舍:《记文协成立大会》,载 1938 年 5 月《宇宙风》第 68 期。

陈纪滢:《胡政之与〈大公报〉》。

王瑶:《中国新文学史稿》。

北京师大中文系:《中国现代文学参考资料》,北京:高等教育出版社。

4　"文协"成立之前,右派的邵力子、叶楚伧、张道藩等,左派的郭沫若、茅盾、田汉等都想当会长,后来"协调"的结果,不设会长,由老舍总理会务。

5　会务报告,见 1938 年 3 月 5 日《抗战文艺》第 1 卷第 7 期。

6　会务报告,见 1938 年 6 月 18 日《抗战文艺》第 1 卷第 9 期。

7　会务报告,见 1938 年 5 月 28 日《抗战文艺》第 1 卷第 6 期。

8　同上。

9　会务报告,《抗战文艺》第 1 卷第 7 期。

10　会务发展可参考:

老舍:《抗战中的中国文艺》,载 1939 年 6 月 12 日香港《申报·副刊》。

李辉英:《中国现代文学史》。

刘心皇:《现代中国文学史话》。

王瑶:《中国新文学史稿》。

老舍:《一封信》,载 1939 年《宇宙风》(乙刊)第 9 期。

11　同上。

第二十五章

老舍对"文协"有两大贡献：促进作家们团结和推行通俗读物。

当时作家们因为派别、见解和立场不同，时有争执。有些还夹着私人的恩怨，互相攻击。老舍总是设法调解，劝大家相忍为谋，应该在国难时期，一致对外。他没有党派，不为私利，人缘好，又善于"和稀泥"逗乐儿，往往大家看在他的面子上，也就休争罢战了。

他在给周扬的信里说："假如有人要问，到底文协也有一半桩值得夸口的事没有，我可以毫不迟疑地回答：有！我们团结了，我们团结得好！我常这样设喻：文协好比英国的王，虽然他没有多少实权，可是在维系全国的团结上，他还有很大作用。"[1]

老舍在给陶亢德的信里也说："经费既窘，困艰复多，而还能有这么一点点的成绩者，实在是因为大家真肯团结，真肯劳而不怨，这才是值得大书特书的。假若没有团结的真诚，恐怕就是有了钱也不会有任何建树的。"[2] 他还说："'文协'说，我们一致对外，好，报纸刊物上就不再见到了文人相互攻击诟病的文字。'文协'说，我们的文章要下乡要入伍，好，对通俗文艺持怀疑态度的马上把否认变为善意的商讨，而另有一些人就在各地工作起来。'文协'说，某件事从会的立场看应如此作，好，大家便捐弃了自己的主张而服从会中的决定。假若您看到这些现象，您一定也会想到，'文协'的事业，虽然还没有好多，可是凭它在今日的气象与精神，它确是立下了异日事业发展的基础。它已经把有机会与它接触的同志们团结起来，而且关切着全国文艺界同人的工作与生活。"

这封信等于是向上海"孤岛"报道后方文艺的动态，当然是尽量述说"光明"与"乐观"的一面。实际上,当时文人间的矛盾和斗争仍然是存在的。比如有关抗战文艺问题,"文协"和梁实秋就开过笔战[3]。但大体上,老舍确是做到了拉拢和协调的责任。

于一九五七年斗争丁玲和陈企霞的时候,他还念念不忘以前对团结作家的"功绩",他说:"当初,重庆成立作协时,因怕张道藩抢做主席,所以根本不设主席,而只设几个部长,掌理会务。实际负责的是我,应付张道藩的是我,团结大家的是我。因此,我虽然没闹革命,但张道藩随时可以把我送进监狱。我们团结得很好,没有搞过小宗派,在座的适夷、艾芜、白尘、克家、徐迟等同志可为我作证……"

"是的,我在重庆做了些事,团结了作家。"[4]

他这些话倒不是自吹自擂。茅盾在庆祝《老舍写作二十年的纪念》专刊上也强调他对团结作家的贡献[5]。

关于推行通俗读物,老舍也尽了很大的力量。

他原是以北京方言来写作的作家,但用的仍是"新文艺"形式。到了抗战之后,为了客观的需要,采取"旧瓶装新酒"的办法,把抗日思想,通过了鼓词、相声、数来宝、地方戏等民间形式表达出来。这样一来,达到了文艺深入民间的目的,也符合了"文协"所订的"文章下乡，文章入伍"政策。

老舍对通俗文艺的看法是这样："现在我们死心塌地地咬定牙根争取民族的自由与生存，文艺必须深入民间，现在我们一点不以降格相从为正当手段，可是我们也确实认识了军士人民与二十年来的新文艺怎样的缺少联系。"[6]

老舍不但大力推行通俗文艺，而且也大量地创作。他写了《王小赶驴》《丈夫去当兵》《新拴娃娃》《忠烈图》《王家镇》《新刺虎》等文章。有一部分后来收集在《三四一》里[7]。

在创作的过程中，老舍遇到很多困难，他说："我开始写通俗读物，那时候，正当台儿庄大捷，'文章下乡，文章入伍'的口号正喊得山摇地动，我写了旧形式新内容的戏剧，写了大鼓书，写了河南坠子，甚至于写了数来宝。从表面上看起来，这是避重就轻——舍弃了创作，而去描红模子。就是那肯接受这种东西的编辑者也大概取了聊备一格的态度，并不十分看得起它们；设若一经质问，编辑者多半是皱一皱眉头，而答以'为了抗战'。是不得已也。但是从我学习经验上看，这东西并不容易做，第一是要做得对。要做对，就必须先去学习,把旧的一套先学会,然后才推陈出新。无论是旧剧,还是鼓词,虽然都是陈旧的东西,可是它们也都还活着。我们来写,就是想给这些还活着的东西一些新血液,使它们前进,使它们对抗战发生作用。这就难了,你必须先学会那些套数,否则大海茫茫,无从落笔。"[8]在创作一些通俗读物之后,他有了些感触:"我当时只有这样一种感觉,旧形式是一个固定的套子,只要你学得像,就能有用处,也就是作家尽了自己的责任。这的确是当时的衷心之感。后来慢慢的把握住了形式,才又想到如何装进适当的内容去,这是原先所没有想到的。于是发生了困难。也由于作家的生活逐渐深入于战争,发现抗战的面貌并不像原先所理解那样简单,要将这新的现实装进旧瓶里去,不是内容太多,就是根本装不进去。于是先前的诱惑变成了痛苦。等到抗战的时间愈长,对于现实的认识和理解也愈清楚、愈深刻,因此也就更装不进旧瓶里去,一装进去瓶就炸碎了。"[9]

这段话倒的确是创作通俗文艺的宝贵经验。后来中共曾大力提倡"现代京剧"和"现代曲艺",恐怕作家在创作的时候也遭到过同样的困难。

老舍在这方面下过很大的功夫，他曾和抗日艺人山药蛋、富贵花父女交朋友，向他们学习，替他写鼓词。后来还根据他们父女的遭遇写过一部长篇小说，叫《花鼓艺人》。由郭镜秋女士翻成英文出版[10]，可惜中文原稿始终没有付梓。

一九五〇年，老舍回到北京之后，也致力于推行通俗文艺。他常和侯宝林等曲艺演员和京剧界的人研究"旧瓶装新酒"的工作。在他个人创作方面，并不怎么成功。

实际上，以北京的读者来讲，几乎所有老舍的作品都是通俗文艺。而且他也只擅于此道。其他形式的作品，像他的新旧诗、报道文学、幻想式小说（《猫城记》）都不很成功。

奇怪的是，老舍的小说里常渗进相声、鼓词和京戏等佐料，读起来妙趣横生；但他创作的相声、鼓词和京戏却非常失败。

注释

1 老舍、周扬：《关于文协的工作》，载 1940 年 2 月 16 日《文艺战线》第 1 卷第 6 号。

2 老舍：《一封信》，载《宇宙风》（乙刊）第 9 期。

3 可参考：

《中国现代文学史参考资料》，北京：高等教育出版社。

罗荪：《〈抗战文艺〉回忆片断》，上海：上海文艺出版社，1961年版。

4 斗争丁玲、陈企霞及冯雪峰的第十三次会议（1957年8月7日）上老舍的发言记录见1957年8月《文艺报》。

5 茅盾：《光辉工作二十年的老舍先生》，载1944年9月《抗战文艺》第3、4期合刊。

6 老舍：《保卫武汉与文艺工作》，载1938年7月9日《抗战文艺》第1卷第12期。

7 老舍：《三四一》，重庆：独立出版社，1938年8月版。

8 同上。

9 老舍：《一九四一年文学趋向的展望》，载1941年1月1日《抗战文艺》第7卷第1期。

10 Helena Kuo. *The Drum Singers*. New York: Harcourt, Brace & Company, 1952.

第二十六章

"文协"成立之后,由会员中选出三十三个人,组成编辑委员会,筹备出版会刊——《抗战文艺》。

这三十三位"编委",包括左、中、右各方面人士,以示团结统一。这些人多数本身有工作,无暇兼顾编务,有些人远在上海、香港、延安、广州、昆明、西安等地"遥领",只挂了个名义。请这么多人任"编委",并非全为"集思广益",而是避免清一色为某党某派包办。实际参加编辑工作的只有姚篷子、老舍、罗荪、适夷、王平陵、乃超和以群几个人。

一九三八年五月四日,《抗战文艺》正式创刊,由姚篷子任主编。它的编辑政策在发刊词上说得很明白："以血泪为文章,为正义而呐喊……集合全国文艺工作者的巨大的力量,成为全国文艺的道标,使文艺这一坚强的武器,在神圣的抗战建国中肩负起它所应该肩负起的责任!"[1]

由于经费困难,开始的时候,从汉口"中国文艺社"分租些地方作为社址。一九三八年八月,"文协"迁往重庆,但《抗战文艺》武汉特刊,继续出了四期,一直坚持到武汉撤退。同年十月,在重庆复刊。一九三九年五月,重庆大轰炸迁往北碚,时局稍定,再搬回重庆。一九四五年抗战胜利,第二年五月四日正式结束。《抗战文艺》整整发行八年,是贯串整个抗战的唯一文艺刊物。

《抗战文艺》最初是三日刊,出了四期,由于与出版法不合,第五期起改为周刊。第四卷又改为半月刊。第六卷开始,再改为月刊。一九三九年重庆大轰炸,一切陷于停顿状态,有时一季或半年才出一期。总结下来,八年时间,一共出了七十期。这中间,在香港印行过"香港版",曾发到南洋和"孤岛"时期的上海。又以"中国作家"的名义,在香港出过三期英文版。它的发行机构前后有天马、新知、读书生活联合书店、上海杂志公司、华中图书公司和作家书屋。

《抗战文艺》对于撰稿人，除了生活极窘迫的作家之外，一概不付稿费。由于抗战时间的纸张和印刷条件都很差，有几期简直是一片模糊，错落字也是连篇累牍。这个刊物能在极困难的条件下，支撑这么多年，老舍和姚篷子的确是功不可没。

《抗战文艺》曾出过不少特辑：

一九三八年五月十四日的第四期上，茅盾等十八位作家曾发表《给周作人的一封公开信》：劝周氏悬崖勒马，赶快问道南来，可是不久这位知堂老人正式落水，出任了伪华北教育总署督办。后来怪责周氏的文章零零碎碎地一直延续到一九四二年三月。

一九三八年六月开始出了"保卫大武汉"的专号，以后九月起又印行"武汉特刊"。

一九三八年底，为了"文艺与抗战有无关系"的问题，和梁实秋大打笔墨官司。

事情经过是这样：一九三八年十二月一日，梁实秋在他主编的《中央日报》副刊《平明》上，写了一篇"编者的话"，说明他的编辑政策。其中有一段是："现在抗战高于一切,所以有人一下笔就忘不了抗战。我的意见稍有不同。于抗战有关的材料,我们最为欢迎,但是与抗战无关的材料,只要真实流畅,也是好的,不必勉强把抗战截搭上去。至于空洞的抗战八股,那是对谁都没有益处的。"

此文一出,引起了轩然大波,"文协"诸人群起而攻之。文章有罗荪的《与抗战无关》《再论与抗战无关》、宋之的的《谈抗战八股》、姚篷子的《什么是抗战八股》《一切都与抗战有关》、魏猛克的《什么是和抗战有关》和后来张天翼的《论无关抗战的题材》等。当时《大公报》《新蜀报》《国民公报》声讨梁氏的文章有几十篇。

梁实秋的"与抗战无关论"固然是不合时宜,但他当年和"左联"的一些人打过笔仗,也有人夹宿怨而对他开炮。他最得罪人的是在"编者的话"里有这么一段:"我老实承认,我交游不广,所谓'文坛'我根本不知其坐落何处,至于'文坛'上谁是盟主、谁是大将,我更是茫然。"他和胡适也常标榜:"狮子老虎永远是独来独往的,只有狐狸和狗才成群结队。"

这么一来,伤了众,"文坛"明明是指"文协"。

攻击"成群结队"等于破坏团结。当时"文协"的几个负责人就公推老舍写了封公开信,向《中央日报》提出抗议。但后来经过张道藩的调解,这封信没发出去。原稿一直保存在罗荪手里,到一九六一年他才发表出来[2]。现在附在本章后边。

一九三八年十月二十二日的第二卷第七期出了"鲁迅逝世二周年特辑"。

一九三九年第四卷第三、四期合刊上,出了"轰炸特辑",揭露了侵略者的残暴。

一九四二年六月十五日的第七卷第六期出了"郭沫若先生创作生活二十五年纪念特辑"。

一九四四年九月第九卷第三、四期合刊了,出了"老舍先生创作生活二十年纪念选辑"。文章有:

《习作二十年》,老舍。

《光辉工作二十年的老舍先生》,茅盾。

《文章入冠》,郭沫若。

《祝老舍先生创作二十年》,胡风。

《我与老舍与酒》,台静农。

《语言的创造者》,何容。

一九四五年第十卷第四、五期合刊上,出了"茅盾先生五十岁及创作二十五周年纪念特辑"。编好之后，时值抗战胜利，大家忙着回乡，没出版，文章有：

《给茅盾兄祝寿》，老舍。

《略谈雁冰兄的文学工作》，叶圣陶。

《始终如一的茅盾先生》，朱自清。

《感谢和期待》，邵荃麟。

《茅盾先生印象记》，陈白尘。

《祝茅盾先生五十双寿》，柳亚子。

老舍在八年之中，为《抗战文艺》写的文章有：《人同此心》（小说）、《通俗文艺散谈》、《敌与友》（小说）、《别武汉》（随笔）、《制作通俗文艺的苦痛》、《鲁迅先生逝世二周年纪念》、《答客问》（讨论）、《怀友》、《一年来文协会务的检讨》、《送文协战地访问团出发》、《轰炸特辑》、《战》（诗）、《哭王礼锡先生》（诗）、《国家至上》（四幕剧）、《文协第二年》、《剑北篇》（诗）、《一九四一年文学趋向的展望》、《三年写作自述》、《略谈人物描写》、《我所认识的沫若先生》、《闲话我的七个话剧》、《王老虎》（与萧亦五合写）、《旧诗与贫血》、《小木头人》（童话）、《习作二十年》、

《梦想的文艺》、《大智若愚》(杂话)、《给茅盾兄祝寿》、《文协七岁》、《文协的过去与将来》、《五年来的文协》(五周年纪念特刊)。

除了正式的文章之外,所有的"总务报告""会务报告"也是由老舍执笔。这些报告写得生动有趣,并不像流水账,而且可以在里边找到不少珍贵史料。

注释

1 《〈抗战文艺〉发刊词》,载《中国现代出版史料》。
2 罗荪:《〈抗战文艺〉回忆片断》。

附文:

"文协"致《中央日报》的公开信(老舍拟)

敬启者:

　　自抗战以来,全国同胞,莫不力求团结,共御外侮,以争取民族之自由生存。文艺界同仁爱国不敢后人,故有中华全国文艺界抗敌协会之组织。总会成立已约八月,会员现有四百余人,并于各地分设支会,实为全国文艺界之大团结。过去数月之工作,随时披露于会刊《抗战文艺》,并呈报中央党政各机关,毋庸赘述。至全体会员之精诚团结、努力抗战工作,证以会务之日见发展,同人等无所龃龉,与言论主张之一致，事实俱在，无可否认。

会务进行，虽因人力财力之所限，未能尽合理想，但众志所归，蔚为文风，咸以正大之态度，发为有裨抗战之文字，未敢稍疑党派之见，以浪费笔墨；成见既触；团结易周，不得为非文艺界之良好现象。

乃本年十二月一日，贵报《平明》副刊，梁实秋先生"编者的话"中，竟有"不知文坛坐落处，大将盟主是谁"等语，态度轻佻浮薄，为抗战以来文艺刊物上所罕见。值此民族生死关头，文艺者之天职在为真理而争辩，在为激发士气民气而写作，以共同争取最后胜利。文艺者宜首先自问有否拥护抗战之热诚，与有否以文艺尽力抗战宣传之忠实表现，以自策自励。至若一抽象名词隶属于谁之争议，显然无关重要，故本会虽事实上代表全国文艺界，但决不为争取"文坛坐落"所在而申辩，致引无谓之争论，有失宽大严肃之态度。

本会全体会员之相互策勉者，为本爱祖国民族之热诚，各尽全力，以建设文坛，文坛即在每个文艺者之良心上，其他则非所知。

副刊所载虽非军事要闻可比，但报端文字影响非浅，不可不慎。今日之事，团结唯恐不坚，何堪再事挑拨离间，如梁实秋先生所言者？

贵报用人，权有所在，本会无从过问。梁实秋先生个人行动，有自由之权，本会亦无从干涉。唯对于"文坛坐落何处"等语之居心设词，实未敢一笑置之。在梁实秋先生本人，容或因一时逞才，蔑视一切，暂忘团结之重要，独蹈文人相轻之陋习，本会不欲加以指斥。

不过，此种玩弄笔墨之风气一开，则以文艺为儿戏者流，行将盈篇累牍争为交相诋诟之文字，破坏抗战以来一致对外之文风，有碍抗战文艺之发展，关系甚重，目前一切，必须与抗战有关，文艺为军民精神食粮，断难舍抗战文艺而从事琐细之争辩；本会未便以缄默代宽大，贵报当有同感。

谨此函陈，敬希本素来公正之精神，杜病弊于开始，抗战前途，实利赖焉。

老舍拟的这封信稿并不高明，可能是因为文白并用的缘故。这类"檄文"要集中火力，击向要害，而他此文啰唆无力，拖泥带水。写这种东西需有"刀笔气",不能带"妥协性"。假如是鲁迅来拟这个信稿,一定精彩得多,战斗性的文章非绍兴师爷不可,"北京獭人"不行。

第二十七章

在武汉,老舍和很多文人一样,生活相当艰苦。他除了写通俗文艺之外,把全副精神放在"文协"上,在给陶亢德的信里,他说:

我穷且忙,并无薪俸可言也……
您也许要问,"文协"到底作出什么来了呢?很不容易回答。我先请您认清这一点:凡是一个组织,也有它的事务与事业,而这二者是不可分离的。事业越多,事务自然越多,一件事业往往有许多件事务。事务没人作,事业绝不会作起来。因此,"文协"的事务——写信,打电报,跑腿,开会……必须有人作,而后才有事业可表现。这可就忙坏了大家,而外间也许毫无所知……

您必能看清,会中是多么穷,会中的人是多么穷,可是穷得很有精神,天天有些事作。[1]

老舍是"文协"的总务主任,信中所指的事务工作,其实是他一个人的事。他确是"巧妇作成无米炊";在汉口那段时期,会中的经费从没超过三百元法币[2]。

从一九三八年二月开始,日本飞机屡次空袭武汉,到七月十九日,日机对武昌大轰炸,军民死伤八百多人,老舍的住所也几乎中弹。第二天,他搬到汉口租界里去避难。七月二十六日,"文协"开会,决议由老舍主持把会址迁往重庆。三十日,他和老向上了船。"文协"没有经费,船票由他们两个人自己掏腰包。[3]

二"老"乘的是挂外国旗的"中国内航火轮",这条船的特点是票价贵,设备差,茶房懒且坏,时时乘人之危向客人敲竹杠。

祸不单行,老舍中途得了痢疾,没有随船医生,他只能硬挺。他还算命大,因为两天之内,乘客之中死了七个。

日机时时轰炸,这条船只能"晓行夜宿",开和停都没有一定时间,全凭洋船长高兴。领航员是个外行,大白天的就冲到沙滩上好几次,差点"跑了旱船"。

别看没有医药设备,船上鸦片烟和麻将牌却供应充分,成了老枪和赌徒的天堂。老舍扶病在牌声和烟味中度过了四天的旅程,到宜昌,才换小轮去了重庆。

他对这些"同舟难友"的评语是:"松懈,肮脏,怯懦的流亡,还用到别处去找国耻吗?"[4]

八月中旬,老舍到了重庆,暂住在白象街《新蜀报》报社里。

《新蜀报》创刊于民国十年,当时是由一部分四川军人出资支持的[5]。抗战时期的社长是周钦岳,他早年留学法国,豪爽好客。抗战后,姚篷子、何容、老向都在他那里"挂过单"。四川人讲究吃,报社里又请了一位好厨师,周社长经常请一些当时流亡到重庆的文人饮筵,参加的有老舍、何容、老向、陈纪滢、姚篷子、赵清阁、宋之的、金满成等人[6]。

老舍在"新蜀报"住了个时期,不久就搬到青年会宿舍了。这时候"文协"总会也搬到重庆,社址是临江门横街三十三号,后来又搬到张家花园八十五号。

一九三八年底,很多人写信到"文协"询问通俗文艺的作法,于是会中就创办了一个"通俗文艺讲习所"。当时,由老向讲授"通俗文艺概论",纪彬教"民间形式的评价和运用",王泽民教"通俗文艺的写作方法",老舍教"通俗文艺的技巧",何容教"通俗韵文浅说",萧伯青教"通俗文艺中的音乐"。这些讲义后来都集成专书,名为《通俗文艺五讲》[7]。

为响应"文章入伍",在一九三九年初,由"文协"、政治部第三厅、战地党政委员会合组了"作家战地访问团",老舍是负责筹备的主要人员之一。

访问团由王礼锡任团长,宋之的任副团长,团员有杨骚、罗烽、李辉英等十三人,他们出发前的告别词里说:"枪在今天不是士兵所专用的,笔也不是作家所专有的,在这无数的笔中,加上十三枝,更不值得夸张,不过我们十三个人是'中华全国文艺抗敌协会'第一次派出的笔部队——或者因为在敌后方,而叫作笔游击队,所以我们感到自己的责任重大,希望不辜负'文协'重托。"[8]

这些人由重庆出发,经西安、洛阳,渡黄河,深入晋东南的游击区,直到距敌方一百五十公尺(米)的横领关。途中,团长王礼锡染上黄疸病,送到洛阳天主教医院,不治逝世。

他们回来了之后,出过一套"作家访问团丛书",包括小说、诗歌、报告等十二册。其中有以群的《生长在战斗中》,白朗的《老夫妻》,宋之的的《凯歌》等。

注释:

1 老舍:《一封信》,载1939年《宇宙风》(乙刊)第9期。
2 老舍:《"文协"七岁》,载1945年4月29日《大公报·文艺》。
3 关于老舍的这些活动可参考《抗战文艺》的《总务部报告》。
4 老舍:《船上》,载1938年《宇宙风》第77期。
5 程其恒(编):《战时中国报业》,桂林:真铭出版社,1943年版。
6 陈纪滢:《重庆时代的大公报》,载1973年12月《传记文学》第23卷第3期。
7 《通俗文艺五讲》,上海:上海杂志公司,1939年10月30日。
8 《抗战文艺》,1939年第4卷第3、4期合刊。

第二十八章

在战前,老舍写过各种各样的文章,可是始终没尝试过写话剧剧本,他认为戏剧形式太难掌握了,称之谓"神的游戏"[1]。

抗战以后,话剧蓬勃,剧本的需要量大增,老舍应"文协"之邀,在一九三九年四月,开始写他有生以来的第一个话剧剧本——《残雾》。

他不懂舞台技巧,又没有写剧本的经验,能在十五天之内赶出来《残雾》,以当时的水准来说,不算很差。《残雾》的内容是讽刺当时官场的黑暗面,切中时弊,所以第一次在抗建堂演出的时候相当成功。那时候他不在重庆,没看到演出"盛况"。但回来之后,"中电剧团"还分给了他三百块钱的"红利"[2]。

就在老舍写《残雾》的时候,重庆发生了"五·三、五·四"大轰炸,死伤七千五百多人,毁掉房屋两千二百余幢,火势蔓延全城,老舍也几乎丧生。他记载当时的情况是这样的:

> 一九三九年五月三日,日军派飞机轰炸重庆,老百姓因为缺乏防空经验,一部分人惊慌失措,但没有被波及到的人仍然很麻痹。第二天,日军又派飞机施行全面大轰炸,由于防空设备差,山城中救火困难,以致形成空前大惨剧。

老舍这时住在青年会宿舍。那天正在埋头写剧本,下午四点钟,宋之的、罗烽和周文来找他谈成都"文协"分会的事。没多久,空袭警报,大家到院子里看了看,没有动静,又回到屋子里继续谈。五点钟,拉了紧急警报,老舍拿着剧本稿,和大家进了防空洞。六点,日机狂炸。七点,警报解除,众人出来,全城已成火海。宋之的和罗烽赶快跑回家,事后知道,宋之的的家全部烧光。

老舍和周文惊魂甫定,女作家赵清阁跑了进来,面色苍白,头上肿起个大包,手里拉着个十二三岁的小学生。原来她正在剪发,遇上了空袭,被震倒在地上,一块木板飞来,压在她身上,昏了过去。苏醒之后,街上已乱作一团。那个小学生原是出来买书,被人潮挤得回不了家,就拉住了赵清阁。

接着,安娥来了。老舍本想请大家吃点东西,但街上已经没有小贩。

这时,院子里有人喊:"大家赶快离开!"

第二次警报!

老舍领着大家奔向中央公园,可是公园里已是人山人海,目标太大,敌机随时可能低飞扫射。

众人又往乡下跑,赵清阁、小学生、安娥回了家。老舍带着周文奔向北碚,找到胡风,才算定下来。半夜又有一次警报,直到天亮才解除[3]。

事后,老舍写给《文艺阵地》编辑部的信里说:"五三四狂炸,同人等幸无大损失,'文协'安全。到北碚者有老向等,到南温泉者有欧阳山、以群等,市内余人不多,甚难作事。近已接洽妥,'文协'组织前线慰劳团,可有十人至十五人去庆,留渝者当更少矣。篷子略受跌伤,无大关系。之的财产烧光,人则安好。我与安娥,周文(适到渝),清阁等落荒而逃,唯受虚惊耳。我有时到乡间,时来时往,以免会务中断。"[4]

为了躲警报,"文协"一部分人就住在北碚,那时候,在北碚国立编译馆旁有个小楼,是林语堂的财产,借给"文协"作宿舍,老向、萧亦五等人就住在里边。老舍有时候下乡则住在对面的中山文化教育馆。

大轰炸之后,由于一些印刷厂被毁,各报无法单独维持,改成联合出版。本来就"人财两缺"的《抗战文艺》就陷于极端的困境。

罗荪的回忆里说:"……首先碰到的困难是找印刷所,市区的印刷所,有的疏散了,有的被炸了,有的不承印……总之,在市区跑了很多地方,都碰了壁,最后到北碚的草街子找到一家小印刷厂,答应排印,于是带上编好的稿子,搭上去北碚的小火轮,再从北碚坐小划子沿嘉陵江北上,在一家小镇上找到那家小印刷厂。一期却排了两三个月……"[5]

敌机的狂炸,燃起文人的怒火,作家们在各报刊发表了很多文章,描述敌人的残暴和受灾人们的惨状,《抗战文艺》也出了《轰炸特辑》[6]。

注释:

1. 老舍:《神的游戏》,载 1934 年 7 月 14 日天津《大公报·文艺副刊》。
2. 老舍:《闲话我的七个话剧》,载 1942 年 11 月 15 日《抗战文艺》第 8 卷第 1、2 期合刊。
3. 老舍:《五四之夜》,载 1939 年 7 月《七月》第 4 集第 1 期。
4. 老舍:《致〈文艺阵地〉编辑》,载 1939 年 6 月 16 日《文艺阵地》第 3 卷第 5 期。
5. 罗荪:《抗战文艺》回忆片断。
6. 《抗战文艺》第 3、4 期合刊。

第二十九章

"作家阵地访问团"出发之后,"全国慰劳总会"又组织了一个"前线慰劳团"。"慰劳团"分为南北二团,姚篷子参加南下,老舍则北上。北团的团长是国民党元老张继。他们在一九三九年六月由重庆出发,至陕、晋、豫和甘宁等地,时经五个多月,走了两万多里路[1]。

那时候,老舍的小说和曲艺在军中很流行,于是他成了"慰劳团"里最出风头的人物。每到一个地方,大家都嚷着:"老舍在哪里,请站出来!"于是他就上台给大家讲个笑话,或唱一段,乘机宣传一下抗战的意义。

在旅途中,老舍遇见了不少在战地工作文艺界的朋友[2],还去老河口探望病卧中的谢冰莹[3]。他曾两度访问中共的战时根据地——延安。在那里,"文协"分会的负责人周扬、萧三等人接待他,大家讨论了"文协"的发展问题[4]。

一九三九年十二月中旬,老舍回到重庆,写了一部长诗,名叫《剑北篇》。他解释写这部长诗的动机是:"……写游记,我不内行;我没有达夫兄那样的笔,写故事,又没有听到什么。写报告,我最不注意数目字,而且数目字又不是可以随便画的。写戏剧,不会。于是想来想去,我觉得还是写一首长诗,比较有些偷手:什么都可以容纳,什么都可以暂时不理。好,我就决定首写长诗。"[5]

老舍这部《剑北篇》,读起来却不太像诗,好像介乎数来宝和京韵大鼓之间,他在叙述写作过程中说:"我自己以为《剑北篇》中旧的成分太重了。材料是我自己的,情绪是抗战的,都绝非抄袭古人。就是音节韵律,我也只取了旧诗中运用声调的法则,来美化我自己的白话。在用韵方面,我用的是活的十齐套辙,并非诗韵。这样,取于旧者并不算多,按说就不应该显出那么浓厚的旧诗味道来;可是我自己觉得出来,它也许比'五四'时代那些小诗的气魄大一些,而旧诗的气息恐怕比它们还强的多。我能指得出来的毛病是:(一)韵用得太多。(二)写景多于写事。(三)未能完全通俗。"[6]

老舍对《剑北篇》这段自我批评,只对了一部分,实际上最大的毛病是缺乏"诗意"。所以有人说他的《剑北篇》是 It is anything but poetry[7]。

他这部诗,因为用"辙"太多,所以朗诵的效果比默读好。老舍曾经亲自念给朱自清听,朱氏的结论是:"只按语气的自然读下去,并不重读韵,这也就觉得能够联贯一气了,不让韵隔成一小片儿一小段的了。"[8]我个人觉得,旧诗对他的影响并不大,主要的是京戏和北方曲艺在他脑子里已经根深蒂固了,所以《剑北篇》只能说是唱词,勉强可以说是"朗诵诗",一定要经过"表演"这个"再创作"的过程才能显出它的优点来。总之,老舍的确像他自己写的"没有诗才"[9]。

老舍原本对于《剑北篇》期望很高,在一九四〇年五月十五日给郁达夫的信里说:"我也正在写诗,而且要写一万行，现在已得一千五百行，大概今年年底可写完，写得好坏，我不敢说，只知道念出来很好听。每天多则三四十行，少则一二十行。诗难才短，自然求快不得。但已下决心，非写完不拉倒。"[10]实际上他这部诗始终没写完[11]。

老舍从一九四〇年二月开始写，到八月就停了[12]，一方面是他那时得了贫血症，另一方面是因为时间拉得太长，对这题目已经失去兴趣了。《剑北篇》是以"地方"分段的，计有：潼关、洛阳、华山、清涧—榆林，榆林—西安等。每段分别发表在各杂志上[13]。后来由"文艺奖助金管理委员会"出过一种不完整的单行本，列为"抗战文艺丛书"之一[14]。

注释：

1 老舍：《又一封信》，载 1940 年 2 月《宇宙风》（乙刊）第 21 期。
2 当时在第五战区的有臧克家、姚雪垠等，丁玲在西北战地服务团，刘白羽等在边区抗战文艺工作团。其他还有很多在战地的作家和剧团在军中服务。直到一九四〇年初，"文协"分会和通讯员已经在各地都成立了，计有成都、昆明、贵阳、桂林、曲江、香港、襄樊、延安、榆林、兰州等。
3 谢冰滢：《老舍和他的作品》，载 1966 年 7 月 7 日《中央日报》。
4 老舍：《关于"文协"工作的建议》，载 1940 年 2 月 16 日《文艺战线》第 1 卷第 6 号。

5　老舍：《又一封信》。

6　老舍：《三年写作自述》，载1941年1月1日《抗战文艺》第7卷第1期。

7　罗常培：《我与老舍》，载1943年4月19日《昆明扫荡报》。

8　曹聚仁：《文坛五十年（续集）》，香港：香港文化出版社，1971年2月版。

9　老舍：《谈诗》，《福星集》。

10　老舍：《国内文人的团结》，载1940年6月19日新加坡《星洲日报·晨星》。

11　《〈剑北篇〉序》，转录自《论老舍》。

12　同上。

13　1940年11月1日《抗战文艺》第6卷第3期。
　　1940年7月16日《宇宙风》第102期。
　　1941年4月1日、15日及5月1日《文史杂志》创刊号、第2及第3期。

14　1942年出版《现代中国文坛史话》，刘心星，台北：正中书局，1971年6月。

第三十章

一九三九年十二月中旬,老舍在战地劳军之后,回到重庆,正赶上通货膨胀,物价直线上升。原就清苦的文人,这时候生活益加艰难。于是"文协"就发起了"保障作家生活运动",理事会选出老舍、王平陵、孙师毅、阳翰笙负责推行[1]。

首先,重庆市的文艺界开了座谈会。《中央日报》也以这个题目出过一篇社论。

真正的第一炮是老舍在《大公报》上写的一篇"星期论文"。他说:"……快饿死?至于那么严重?啊,的确是那么严重;不然,我们就还不愿说话。以我个人说,自七七事变以后,十分之九的版税是停止发给了,稿费由八元落至五元,甚至于二元,一千字。生活程度呢?先不说别的,只说我天天必用的毛笔已由一角五涨到五角一支,二元千字的报酬,除去纸笔的成本而外,不够吃一顿饭的;更不用提还有少于二元千字的时候。因此,我们所谓保障写家生活,决不含有其他的意思,而是直截了当的要求吃饱,吃饱才能写作!"老舍这篇情文并茂的"陈情表"里还说:"就按每千字三元说,一个月的收入不过一百元。我须住房、吃饭、喝茶、买纸笔,还得给家中寄生活费!我有八十四岁的老母与不到三岁的弱女!我没法活下去!"他提出的具体办法是:"(一)提高稿费。(二)恢复版税与确定版税。(三)修正出版法。(四)文艺贷金。(五)贫病写家救济金。"[2]

接着,姚篷子写的《争取作家的生活保障》,罗荪的《提高稿费运动》,适夷的《关于作家生活保障》等文章都在各地发表了。文艺批评家李长之主张保障作家生活要政府主办,不能靠商人。他认为最理想的办法是仿效苏联,书籍由国家印刷,以版税支付作家[3]。

还在南洋的郁达夫不但著文响应[4],而且还向侨团捐款，汇往重庆[5]。国民党中央社会部的负责人，为了作家生活问题，邀请作家及出版商举行座谈会，决定请政府颁布保障作家的法令，命出版界忠实支付版税或稿费，并集款作贷金及救济金[6]。另外还成立了"文艺奖助金管理委员会"，协助作家出版书籍。

"保障作家生活运动"当时已引起社会各阶层的注意，作家一方向出版商提出了"千字斗米"的口号，另一方成立"救济贫病作家基金"。据事后姚篷子的报告，一共收到捐款五六百万元[7]。

到抗战胜利后，"文协"仍然继续推行这个运动，首先由宋庆龄发起义演《孟姜女》，得到捐款七百五十万元，接着南洋捐款六百万，分发给贫病作家或遗族。接受救济金的有郁达夫、蔡楚生、羊枣、蒋天佐、夏丏尊、凤子、张天翼、华林、鲁彦、白薇、谢六逸[8]。由以上的名单来看，这几位都是近代中国有成就的作家，而在抗日胜利后，本人或家属居然濒于饥饿的边缘，可见当时国府对文人是多么地忽视了。

甚至于老舍到了美国之后，仍然继续为中国贫病作家筹款，然而身在异乡，人地生疏，当然不会有什么成绩了。

注释：

1 《会务报告》，载 1940 年 3 月 30 日《抗战文艺》第 6 卷第 1 期。
2 老舍：《怎样维持写家们的生活》，载 1940 年 2 月 11 日重庆《大公报》副刊"星期论文"专栏。
3 李长之：《保障作家生活之理论与实践》，《苦雾集》，重庆：商务印书馆，1942 年 10 月。
4 郁达夫：《文艺上的损失》，载《郁达夫南游记》（温梓川编），香港：香港世界出版社。
5 老舍：《国内文人的团结》。
6 郁达夫：《因谋保障作家生活而想起的话》，《郁达夫南游记》。
7 赵景深：《文坛忆旧》。
8 同上。

出版后记

关于老舍先生的研究，国内外都已有颇多著述，而胡金铨作为一名导演来撰文研究老舍，殊为难得，其中有着耐人寻味的渊源。

胡金铨研究老舍的前因后果，在其生前唯一口述自传《胡金铨武侠电影作法》[1]中有所交代。他喜欢看老舍的小说，在为导演处女作《大地儿女》创作剧本时，"有小部分是从老舍的《火葬》中获得灵感的"，而且"从《四世同堂》也拿了一部分过来"。胡金铨还曾想

---

[1] 参见：胡金铨：《胡金铨武侠电影作法》，北京：北京联合出版公司，2015年10月：66~67页。

过和李翰祥一起，将《四世同堂》拍成电影，可惜碍于原著的篇幅没能拍成。

胡金铨真正动笔写老舍，则源于一个偶然的契机。他看到香港杂志《明报月刊》上刊出有关老舍的文章，反馈给总编辑胡菊人说："这文章很多错处。"胡总编趁势向胡导演邀稿，于是胡金铨在《明报月刊》上开了连载专栏来讲老舍生平和创作。这些文章划成九期发表，分别为1973年12月（96期）第一篇、1974年1月（97期）第二篇、1974年2月（98期）第三篇、1974年3月（99期）第四篇、1974年5月（101期）第五篇、1974年6月（102期）第六篇、1974年8月（104期）第七篇、1974年10月（106期）第八篇、1975年4月（112期）第九篇。

关于写作的过程，胡金铨自陈："这大概是我自己最花钱写成的文章。我去过伦敦的东方图书馆、美国的斯坦福大学的现代中国图书馆、哈佛大学的燕京图书馆等地方，调查了许多资料。"除了对老舍作品的喜爱带来动力外，"写这些文章还有一个理由，那是因为老舍自杀而死，但当中的经过不太清楚，我想了解真相，所以执笔写那些文章。"不过胡金铨对老舍人生的记述，包含的是老舍的出生、求学、写作、异国辗转、回国教书及至抗战时主持"文协"的经历，尚未涉及到老舍去世的六十年代，个中原因今日已不得而知，但从其对老舍个性和处世哲学的总结中，我们也许能对胡金铨未解答的疑问有所领会。

胡金铨于 1973 年到 1975 年发表的这九篇文章，1977 年集结成书，即为《老舍和他的作品》，由香港的文化·生活出版社出版，但此版本缺失了《明报月刊》上登载的最后一篇。这可能是因为第八、第九篇的发表时间隔了半年，出书时有所遗漏。在本书出版时，我们特意查找了《明报月刊》的原始资料，补录了此前缺漏的末篇（即第二十七章到第三十章），首次让《老舍和他的作品》得以完整地和读者见面。在此，我们要向提供帮助的香港中文大学的张月荷女士表示深深的感谢，同时还要特别感谢台北电影资料馆的钟国华先生和薛惠玲女士的协助。

在编辑过程中，我们给今日读者可能不熟悉的词汇添加了注释，以便更好地阅读理解。对于旧版书的录入笔误，我们尽可能地搜集资料、考察求证，力保文稿的准确度，如有错漏不妥之处，还请读者朋友们不各指出。胡金铨引用老舍文章的部分，我们在与书中标注的版本原文进行抽查比对后，发现有明显缺字漏句的情况，因此参照人民文学出版社2013年出版、根据初刊本和初版本重新校勘而成的19卷《老舍全集》做了精校。

  本书能够顺利出版，胡金铨导演的侄女胡维尧女士做出了很大贡献。她不辞辛劳地帮我们多方联系，是她的努力才得以促成本书，从而扩展了胡金铨导演的著作出版版图。另外，此选题曾由中国电影资料馆的沙丹先生推荐，我们也一并向其致谢。

  在本书初版的1977年之后、直到八十年代，中国大陆大多数有关老舍的文论资料才开始陆续出版，所以胡金铨此作可算是最早的一批老舍论述专书，具有奠基性的参考价值。著有《老舍小说新论》的新加坡学者王润华就认为："这本老舍专著也可用作老舍研究资料（生平、创作、翻译研究）用。对1970年代以前之欧美日研究专著与翻译之评介，甚为宝贵，且是早期从文学价值来评论老舍的少数好著述。"[2]

---

2 王润华：《老舍小说新论》，上海：学林出版社，1995年12月：221页。

此外，擅拍武侠电影的胡金铨，银幕内的角色、银幕外的导演本人都是一生处于"行走旅途"中的"江湖客"，老舍在其笔下也有了辗转国内外的漂泊者形象。以故乡北京为连接点，"走"成为这两位大师人生轨迹的关键词，其间的艺术影响和气韵传承也可以借本书一窥。

后浪出版公司

2018 年 10 月

图书在版编目（CIP）数据

老舍和他的作品 / 胡金铨著 . -- 北京：北京联合出版公司，2018.10（2018.11 重印）
ISBN 978-7-5596-2329-4

Ⅰ . ①老… Ⅱ . ①胡… Ⅲ . ①老舍（1899—1966）—人物研究—文集②老舍（1899—1966）—文学研究—文集 Ⅳ . ① K825.6-53 ② I206.6-53

中国版本图书馆 CIP 数据核字 (2018) 第 157621 号

Copyright © 2018 Ginkgo（Beijing）Book Co., Ltd.
All rights reserved.
本书版权归属于银杏树下（北京）图书有限责任公司。

老舍和他的作品

著　　者：胡金铨
选题策划：后浪出版公司
出版统筹：吴兴元
编辑统筹：陈草心
特约编辑：刘　坤　陈一凡
责任编辑：牛炜征
营销推广：ONEBOOK
装帧制造：墨白空间·韩　凝

北京联合出版公司出版
（北京市西城区德外大街 83 号楼 9 层　100088）
北京天宇万达印刷有限公司印刷　新华书店经销
字数 73 千字　889 毫米 ×1194 毫米　1/32　7 印张
2018 年 10 月第 1 版　2018 年 11 月第 2 次印刷
ISBN 978-7-5596-2329-4
定价：38.00 元

后浪出版咨询（北京）有限责任公司常年法律顾问：北京大成律师事务所　周天晖　copyright@hinabook.com
未经许可，不得以任何方式复制或抄袭本书部分或全部内容
版权所有，侵权必究
本书若有质量问题，请与本公司图书销售中心联系调换。电话：010-64010019